张怡微 著

樱桃青衣

华东师范大学出版社

图书在版编目（CIP）数据

樱桃青衣 / 张怡微著. —上海：华东师范大学出版社，2017
ISBN 978-7-5675-6533-3

Ⅰ.①樱… Ⅱ.①张… Ⅲ.①短篇小说—小说集—中国—当代 Ⅳ.① I247.7

中国版本图书馆 CIP 数据核字（2017）第 103442 号

上海文学艺术奖之青年文艺家培养计划项目成果
上海文化发展基金会资助项目

樱桃青衣

著　　者	张怡微
责任编辑	顾晓清
封面设计	周伟伟
出版发行	华东师范大学出版社
社　　址	上海市中山北路 3663 号　邮编　200062
网　　址	www.ecnupress.com.cn
网　　店	http://hdsdcbs.tmall.com/
邮购电话	021-62869887
印刷者	上海盛通时代印刷有限公司
开　　本	787×1092　32 开
印　　张	7
字　　数	91 千字
版　　次	2017 年 7 月第 1 版
印　　次	2021 年 5 月第 4 次
书　　号	ISBN 978-7-5675-6533-3/I.1693
定　　价	40.00 元
出版人	王焰

（如发现本版图书有印订质量问题，请寄回本社市场部调换或电话 021-62865537 联系）

目 录

蕉鹿记	001
度　桥	018
过　房	058
双双燕	091
哀　眠	107
故　人	123
你心里有花开	138
爱情的完成	160
樱桃青衣	175
后　记	213

蕉鹿记

1

那天我清晨就起床,开始陪母亲梳化妆。前一夜我没有去扰她,她也不来问我。我们就这样隔着一道墙,夜晚显得有些过于漫长。半夜两点的时候,她起夜上了一次厕所。我也并没有真正睡着。

早晨见她穿了一件我给她买的浅蓝色克什米尔大衣,擦了一点豆沙色的口红,她佯装镇定,其实我看得出来她有些紧张。

大衣可以两穿,她穿了烟灰那一面,翻领才透着浅蓝色。我对她说,你还是反过来穿比较好看,显得比较年轻。

她很惊讶地问我:"真的吗?"却很麻利地赶紧换了一面。又问我:"这样好吗?"

"都好。"其实我随便说说,她听后却有些惘然。

在她的年纪,样貌并不算显老,却也不显后生。一切都寻常得要命,好不好其实全赖精气神。而精气神,她显然是挺好的。

父亲过世以后,很令我意外的是,母亲并没有我以为的那样难过。她十分平静地适应着本应不怎么适应的日常,似乎也没有丝毫要孤独终老的决心。我当然知道她这样并没有什么错,但不知为何总觉得特别感伤。

记得父亲合眼前,母亲对他说:"老李啊,你再亲亲我好哦?"于是自己把脸贴到父亲嘴边。父亲的嘴唇一直在颤抖,不知是不是真的听见了。但他们都没有流眼泪。看到父亲血压数字啪啪啪往下掉,无可挽回,我倒哭成了泪人,脑海中席卷过他一生的碎片。我想,我好多年都没法忘记父亲最后几秒在世时的情形了。因为这一幕令我想到,他的生命也许并不是像断电一样突然终止的,而是一种颇有速率的诀别，十分揪心的舍不得，又无可奈何。我知道，这个世界上最懂得我的人没了。只剩下好多需要我去懂得的人。多到刺眼。

父亲的大殓也办得十分寻常，可能是因为我太爱他的缘故，这样的寻常虽然说不出什么错，却让我觉得不适。我母亲甚至还穿得挺体面。在一片兵荒马乱中，她挤出时间来给自己做了一套新衣服，烫了新的头发，问我要了优惠卡。火化时，我看到电梯反光镜里的自己，站在她身边，简直像个帮佣。

许多人走到母亲身边安慰她，说父亲在世时待人慈悲，去了天堂一定会得永福，听这些话我的心都能挤出很深一坛酸水来。其实他们更应该安慰的人是我，因为显然，我母亲并没有那么难过。她甚至有一点如释重负，我看得出来，她早就做好了面对这些安慰的准备，因而流利地说了很多场面话，类似于"我会好好的"，或者"他走得很平静，最好不过了"诸如此类。但那样的话我一句也说不出来。母亲一直很得体、很优雅。在哀伤的音乐声中十分平静地读完了她那份悼词，父亲的生平宛如简历一般从她的唇齿间掠过，显得是个活得没有什么遗憾的人。

在那份悼词里，也基本看不到她的一生。我甚至看不透她出于什么缘故愿意生下我。在我心里，母亲一直是一个活得山青水绿的女人。虽不那么自私，但自我显然是极大的，我羡慕她。父亲在世时，表面上他们也是不那么般配。父亲走在母亲身边，像我和母亲站在一起时说不清哪里怪，我们跟着她，都显得有些掉队。但生活里，他们两人看起来就和普通的老夫老妻无异。

那时，我一周回家吃两次饭，他们特为一起出门为我买菜，会有小小纠纷、又小小讲和，我听过算过，挺温暖。我还想，母亲真是比我走运，年轻时代能遇到父亲这样的老实人，共此一生，算没有吃上苦。几次我都说要给他们办一个结婚纪念，母亲很期待，但父亲都拒绝了。父亲说，开心给别人看都是假的。他说的挺对。但婚姻好不好这件事，到底也不会是个永恒不破的谜语。

父亲走后，母亲常让我感到我从未了解过她。即使我们有那么相像的神态，有那么契合的生活习惯。我不太问她。那些要紧的事，她也不太烦我。我们彼此尊重得像外国人一样。我甚至怕下一次见到她时，她会踮起脚在我脸颊亲吻一下。我怕母亲孤单，就提出搬去和母亲一起住。母亲没有反对。其实是我比较需要她，哪怕她未必是我最想日夜相处的人。她将父亲的遗物都放在了我原来的房间。她自己则依然睡在他们的床上。一晃也两年了。

一年前，卧室突然添了佛台，母亲每日会给父亲上炷香。

2

天还有些微凉，虽然已经立春了。我是在那个节气之后生的。母亲说，过了我的生日，天才会真正热起来。这使得她这身衣服显得格外适宜得体。父亲走后，母亲反而白胖了些，她参加了社区大学的几次旅行活动，学会了发朋友圈，也渐渐累积了新生活的情趣，故而终于又能撑起这样粉嫩的色彩,好像什么事也没有真正发生。我为她开心。

上我车的时候,她有些紧张,居然坐在了后排。我犹豫要不要请她坐到副驾驶座,但想想也无妨。后来才知道,她也许想与我隔开一段距离。我想起来差不多十年以前,我刚考完驾照时,她还曾兴高采烈说:"以后妈妈可以一直坐在你旁边啦!"

"你很开心吧?"我不知是问她,还是问自己。

"哎哟你不要开小差,好好开车,不要取笑妈妈。"

我觉得她害羞的样子挺可爱。其实我很久没见过她这样的表情。

严格意义上来说,是从没有见过。

到饭店的时候,我问她,"蒋先生到了没有?"她居然认认真真地问我:"你说的是哪个蒋先生?"我心下略有些好笑,脱口而出:"什么哪一个,还不都一样啊。"

母亲好像受到了一点惊吓,沉默了,又忽然说:"对不起,琛琛,妈妈不好,让你为难了。"

"你说什么啊?我又没说什么咯。"

其实我也觉得自己有点不太好，脾气不好。只是我的驾车技术，尚不足以在兜兜转转寻找车位的途中还能与她聊上一个如此复杂的天。我透过后视镜看她，有时看来车。她不知从何角度可以看到我，于是我们之间的顾盼显得有些隔阂。我知道她有点紧张，又有一点期待，甚至害怕失望。很久以前我要去见某些人时，也曾是这样的。

"你还会想爸爸吗？"其实我特别想问她。以及，"你们是什么时候联系上的呢？"……但最终，我还是吞下了这样尴尬的问题。在此时此刻，好像所有普通的问题都会显得分外不合时宜。

饭店是蒋先生的儿子找的。比我想象的要喧闹。天花板上都是契丹样式的图案，复古又显得缭乱。我想他特别找这样声势的地方，理当是与我一样觉得今天的饭局最好不要太安静、太典雅，以至于我们可能都会没话讲。外部的喧闹能为我们的尴尬布置起礼貌的伪饰。

我们俩初次见面，特为握了握手。他们俩明明是认识的，反而矗在原地，一句话也不说。我们都知道他们紧张。

"我叫蒋翼。这是我父亲蒋时青。"他友好地说道。

"我叫李琛。这是我母亲曹幸芳。"我说道。

于是我们各扶着一位老人进了包间，很好的视野，很松散的座位，我们简直像一家人一样，久别重逢。我母亲略有些恋恋不舍地脱去外衣，里面那件薄绒衫，还是父亲在世时我送她的礼物，我父亲也有一件。他若在天有灵，看到这样的画面，不知道会不会为我们开心。

听母亲说，蒋先生的夫人若干年前车祸脑死亡之后，就一直养在家里。近来情况不太妙，是不是会走，总是较前两年有希望。蒋翼愿意陪他父亲来和我们见面，我开始以为到底也是有心肠的人，将心比心。我父亲毕竟走了，他母亲还在世呢。我母亲却好像对此毫不在意。她的阅历足以吞下这些问题，所有这些敏感的事，她都用碗碟声搪塞过去。也许她是对的，反正与她无关的事，她一概不操心。不操心，人生也许才有云开月明的契机。

老年人重逢到底和少年人不同，他们就好像已经私下见过很多次一样，甚至完全没有问对方"这么多年你好吗?"我们只是有一搭没一搭的聊天,他们还说起从前一起上学的事。"老弄堂都拆掉了呀,但那也没什么可惜。"我母亲说。她一点也不想念那里,我并不意外,我不知道她到底在想念什么。蒋先生却说,他现在做梦还能记得脚踏车铃声划过的清晨。我母亲与蒋先生,其实从未真正在一起过,也许曾经还是努力过的。母亲插队那会儿,蒋先生还去看望过她许多次。我母亲结婚以后,还收过他不少信。但细节我完全不清楚。

"你知道吗,我爸爸还不好意思直接跟我讲这事,是让我太太跟我讲的。他想见见阿姨。其实直接跟我讲也没有什么,我很开通的。他一个人也苦了这么多年。没什么对不起我妈的。经济方面,我也都可以的。只是我常常在国外,照顾不到爸爸妈妈。"

一旁,蒋先生一脸严肃,没有接话头。我母亲也没有说什么。我更没话可说。讲实话我没有在我母亲和蒋先生脸上看到两人有生活在一起的可能,但事实上,我们坐下来,仿佛就昭示着我们都认同了这样的意图。

母亲后来告诉我,蒋太太也不是他原配,不是蒋翼的亲妈。

"蒋先生应该是希望我能照顾他们俩。"我母亲说。

"哪个蒋先生?"我问,自己也笑了。

"你想好了吗?"回来后我问母亲。

"这样的事想不好的。怎么想都要看运气。但你不要害怕。我们未必会结婚,只是搭个伴。我没有那么天真。"她把大衣熨烫好,收起了熨烫板,摘下了老花眼镜。

晚上,蒋翼就将我们吃饭的照片传给我,拍得很不错。

这是我们四人第一次见面,为了他们三人。

后来我们有了越来越多的合照,晒在朋友圈里,大家都夸老人好福气。好在,我和母亲没什么共同好友。这样尴尬的评论,我也不常看见。

3

我母亲和蒋先生第一次单独旅行,去了苏州。蒋翼给他们叫了专车。那之前，我和蒋翼分别带他们玩了七宝和嵊泗。我们俩都忙，他们俩一来一去也熟悉了。我陆续听母亲说起，蒋太太插管的现状。才知道这世界上居然有那么多人，仅仅是留着一口气，苦熬阳寿未尽。

有段日子我常出差，便不太住家里。突然回去，从没见过蒋先生。但我知道他来过。我一看父亲的遗像，就知道他有没有来过。于是给父亲上炷香，想在心里跟他说说话。可惜闭上眼睛的时候，什么话也说不出来。偶尔在家洗澡时，捂着毛巾眼睛就热了，整个人都瘫软下来，好像遇到了什么不好的事。但我知道，我并没有我以为的那么不高兴。

股票好的时候，母亲甚至问我想不想再买一个房子，家里都那么旧了，我住着也不舒服。又劝我其实可以再找个人，离过婚也无妨，最好没有孩子，万一有其实也没什么，人好就可以。她说："一辈子那么长，妈妈陪不了你太久。"

我拉着她的手，就像小时候一样，特别希望她收回这些话,但她却没有像小时候那样摸摸我的头,把我搂在怀里说,"妈妈永远都会跟你在一起"。然而在这个世界上,最疼我的人好像只有她了。我又不在乎什么新房子。

翌年过年,我和母亲、蒋先生、蒋翼一家三口在一起吃饭,这是我们第一次大团圆。蒋翼说,"医院有规定,不能强行拔管,中国目前就是这样。不过又接到病危通知,医生说不会等太久,也许半年吧。"仿佛宣布什么好消息。蒋翼总是能将最关键的话开诚布公,早早先通知一番,随后再进行派对。但这并未影响我们团圆饭的和乐气氛。

我们家原本人丁并不兴旺,父亲过世以后,我已经很久没有见到这样老、中、青三代同堂的局面,所以我母亲也挺高兴,一直笑一直笑。蒋翼的女儿很漂亮,他太太做网购,两人是大学同学。毕业就携手创业,开始是卖女装,从淘宝进货卖去 E-BAY,现在又做亲子装,在网上也算红人,生意红红火火。

小女孩常常爬到蒋翼身上,踩着他的膝盖就像踩着台阶,展开拥抱的双手环住蒋翼的脖子,而后又用小小的双手在他脸上滑来滑去。蒋翼想要排除干扰和我们说上几句吉祥话都有困难,却显得格外温柔。让我想到自己,想到童年。

有一刹那我觉得蒋翼甚至比我要幸福得多。即使他好像也做出了一个挺艰难的决定,有许多尴尬的细节需要适应调整,毕竟这样的事,我们谁都没有经验。但我们在一起相聚的时间毕竟变得多了。开网店非常忙碌,蒋翼太太常常要顾店而迟到,蒋先生对她颇有微词,觉得她就知道赚钱,也不教育小孩。我母亲就劝他,儿孙自有儿孙福。有时我出差,他们俩就自己吃饭。有时我想回家吃饭,他们又出去玩了。再后来,我若有酒店可以报账,其实不再每天都回家。我也有些适应了现实,适应了我有一个"蒋先生"、"蒋翼"一样的亲眷。适应了我有一个素未谋面、却主宰着我和母亲未来命运的女性,她也活得很辛苦,甚至不能自己选择去死。

有时蒋家有些什么琐事,蒋翼会传微信叫我帮忙。好几次我载蒋先生去医院检查身体,他有些蛋白尿。他和我母亲坐在后排,我右边则是空的。我也习惯了。然后我会去市场买一些水果,把他们送回家。偶尔想上去看看爸爸,又觉得算了,我既没有话、也没有脸见爸爸,就目送他们俩走。有时还真想生个自己的孩子,转移一下注意力。然而我的孩子一出生可能就要叫蒋先生外公,我心下觉得讽刺,便不再多想了。

然而这些年我并不是没有遇到合适的机会,并不是没有遇到合适的人。但我常常怀疑自己是不是真的适合婚姻、适合家庭。我的父亲母亲,就好像一个极美的画框容纳着完美的画像,它瞬间崩塌之后,我实在需要一些时间来收拾碎片。就仿佛过往的每一帧画面都足以将我刺伤,又需要我亲手重建真相。

4

故而,当听说蒋先生猝世的时候。我们所有人都崩溃了。

他死于心肌梗塞,对老年人来说也不算什么。他本来就有心脏病,一直靠药物稳定着,还以为蛋白尿的问题比较严重。

大殓那天,看起来最悲痛的居然是我母亲。她哭得死去活来,自责睡在他身边却不知他痛苦到把胸口抠到血印斑斑。她没有烫头发、没有做新衣服,只是穿着我给她买的、他们重逢时她穿过的克什米尔蓝灰大衣。她穿了灰色那一面。

我很久没见她那么悲伤。其实是从未见过。这令我不禁又想到我可怜的父亲。

蒋翼读悼词的时候,我发现他太太和女儿并没有来。或许他们的问题,比我们当时目及的还要严重一点点。后来听说,蒋翼太太认为让小女儿过早参加葬礼会造成心灵的恐怖。于是我、我母亲两个不会有心灵恐怖的人,傻傻地矗立在蒋先生的老同事、老朋友队伍里。

也有人问我们是谁,也有人答:"是蒋先生的女朋友,和她女儿。"

这真是离谱。离谱又悲伤。

很难说我对蒋先生一家没有建立真正的感情。有一度,我甚至以为,蒋先生未来会和我母亲葬在一起。他们会携手走完并不完满的人生路。而蒋翼的继母,说好的早晚要走,居然也一直没走。她携着腔子里的一口气,等到了最后,等出了一个对她相对公平的结果。人算不如天算。

又住回母亲家时,我每天都能看到父亲了。却比之前更没有话想要对他说。夜里我常常听到母亲哭泣,但白天她又跟个正常人一样,看看股票,听听滑稽戏。她比以前更期待我回家,总是等我吃饭,令我好像回到青春期。我有时觉得她是爱我的,有时又觉得她只是寂寞。羞愧。惘然。我甚至有一点怀念我们俩和蒋先生一家在一起团团圆圆的几次饭局。有些怀念契丹图案的餐厅天顶,有些怀念背靠人来人往的喧闹。

蒋先生走后一年,蒋翼发了微信给我。我们有很久没有联络,他也很久没有更新朋友圈。他说,"我继母走了",我说,"节哀"。他说,"如果是继母的话,我更喜欢曹阿姨",我说,"谢谢"。

那是我们最后一次联络。其实若不是父母的缘故,也许我们会成为挺好的朋友。在我们还很相熟的那几年中,我并没有在蒋翼身上找到任何我讨厌的部分。但现在想起他,想起蒋先生,想起母亲、父亲,不知为何,心上总是涟漪。

度
桥

1

有一日我正在困意中打发漫长的下午,母亲突然推开了我的房门。她总是这样没有礼貌又心血来潮,手里还捧着几只大盒子。有蓝色的曲奇盒、红色的喜饼盒,还有一个起码有三十岁高龄的黑色八音盒。我一直梦想能有个巨大的工作台,最好能有裁缝用的那么大,以至于我不会被这三个突如其来的盒子占去百分之八十五的工作空间。母亲对我的陈年心愿置若罔闻,她经常在我拥塞的房间里落下一些匪夷所思的东西,譬方叫我的柏崎星奈趴在她过期的绵羊油上,或者让我的达斯维达剑指地上的哑铃……然后,再提醒我可以去打扫房间了。我发现了几次,但很快就习惯了。

这会儿母亲又自顾自在说:"从前你外婆做人做得好,她送我的东西呢,桩桩件件,都给我看过很多遍了,看过以后还不算,还要我背一遍出来,这样她往生以后,我就不会遗漏。家里头要是被盗了啊、着火了啊,也知道自己的损失到底是什么,不然警察问起来怎么办呢,你能说得清楚吗?现在我也要这么来教教你,你可不要嫌我烦啊……"

我知道,最近两年开始,母亲没再指望我这辈子能做成什么大事了,这真是令人惊讶,她居然是这一两年才将我当作普通人,而不是超人、天才、大学问家。另一方面,她也不再关心我到底在做些什么。她好像以前也曾关心过的,问我"你那个什么表情研究……国家真的会给你钱吗,妈妈为你骄傲,妈妈又深深为你担心"。总之,我做梦都能听到她痛心地抱怨我花了她那么多钱却天天在家里枯坐,这样下去我晚年会变卖家产以至于百年孤独。如今她倒是很少抱怨这方面的事了，仿佛是失望了，她的失望表现为一种彻底的"不提"，这对她而言不失为一种解脱，我觉得她开心了不少，至少表面上是这样。尤其是经过了那么多乱七八糟的事情以后，她还是该烫头烫头，该做衣服做衣服，挺好的。我一直懒得和她细讲我真正的想法，时间久了却变成真的无话可说。女人总是过于忧心忡忡，未雨绸缪，但我发现，大部分时候她的说法都是对的。女性擅长用直接的情感经验来强势地消灭男性从书上得来的二手知识，还总是在不经意间。

"我正在忙，妈妈。"

"谁不知道你在忙啊，你都忙了十好几年了，不都没什么像样的事可做，妈妈就抽出你忙碌的发呆时间，一会会儿，给你个机会好好当个乖儿子嘛。你小的时候不要太喜欢缠着我喔，妈妈长、妈妈短，一发育了就不行了，理都不理我。其实你是个很可爱的孩子，三十五岁了你看还是一样很有童心……"她这样开导我，又突然补了一枪，"对了，刚运通的小弟弟也问起你了，问你怎么老不上班。你看，你不要总是抱怨这个世界很冷漠，运通的、顺风的、叮叮的……他们都很关心你的。"

我什么时候抱怨世界冷漠了。我心想。

"那你是怎么回答的呢?"我问。

"我怎么敢回答啦,那不是在你头上动土……喔,对了,其实你也可以关心一下植发的事情。我上次在电视里看到一个生发产品啊,真的很好的,有一个上海台很有名很有名的主持人,我平时也没有觉得他头发很多的样子,但是在那个节目里他头发真的很多的……就是因为你这个毛病,我看过很多顶假发,我的姐妹们也介绍我看假发,反正那个主持人那一顶要是真的是做出来的,也是做得蛮考究的,不晓得他是在哪里做的,我也想给你做一顶定制的……"

"妈,你要给我看什么?"我只好打断她。

"也没有什么,你认识这个盒子吗?"

那还是我父亲生前给母亲买的八音盒。我虽然不至于不认得,却也懒得去回答她认不认得。小八音盒拧上发条会有一个穿得很少的女孩子踮着脚旋转跳跃不停歇,现在弄坏了,就只是一个分了层的黑盒子,像飞机失事时候人家会找的那种东西。八音盒嘛,本来是年轻女孩子拿来存放发卡、牛奶糖的地方,大人用来储物实在显得笨重,但母亲似乎并不介意,她有时候很珍爱这个八音盒,那毕竟是她的前半生。但这种珍爱很不可靠,她时不时地又带着攻击性,这种攻击性令人怀疑她惯常扮演心平气和时的用心良苦。比如快递问起她"你先生呢?"她就响亮地说,"死了。"快递又问"你儿子怎么老不工作?"她就问,"你怎么那么年轻就工作?你几岁?"

"十四。"我听见,吓了一跳。

"你们那个苏北老板还真是黑心诶……多大的孩子都敢招来做工,旧社会哦。当心我举报他。"

那孩子就悻悻然走了,那种悻悻然的表情对我来说也是久违了,是少年的标志。他踩着电瓶车的声音很古典,让我想到大学里的自己,两只轮胎带一只热水瓶就能够风驰电掣的好日子,一逝不回。

十四岁的时候,我在干什么呢?真是很梦幻的年纪啊,斜阳里散乱的红领巾,饥肠辘辘的黄昏,潮唧唧的汗衫内裤,年轻的日子真是富裕得能拧出回潮天捂馊的水汽来。我外婆过世十多年了,其实父亲也是。但我始终不觉得他们离开,因为母亲每天都会说起他们。说起他们的往事(主要都是些糟糕事),然后以"就这么死了"作结,残酷又匆忙,像他们真正离开时的样子。残酷的事被越说越寡淡,是母亲的一种生活智慧。而我知道时易世变,我和母亲的悲伤和埋怨逐渐真正变质,这却不是费尽心机来实现的。当下母亲更痛心的是,父亲的突然离去,令她的置产大业搁置了。房价暴涨,她的千万富翁之梦葬送于父亲的疾病中。她一定已经不像从前那么难过了,偶尔说起我们本来应该住在这里或者那里,也只是随口说一说。她甚至会提及父亲所葬的墓穴价格,已从两万暴涨到了二十八万。

"我本来不想跟他葬在一起的,你也知道的。"母亲说,"我是为了给你减轻负担呀。谁知道死得早也有这样的好处。我以后就算再嫁人,也要和你爸爸埋在一起,你知道不知道啊？当妈妈的心，总是最宝贝儿子的。"我就谢谢她，再抱抱她，她似乎很吃这一套，所以又说，"其实房子太大我也打扫不动，你又不打扫"。所以她惋惜的究竟是那个爱错的人，还是那段错过的机遇，还是我们可能拥有的另一种生活境况……这也很难说吧。

母亲把她手里那三件宝结结实实地塞在她的床底，突然又拿出来透透气，不知道是突然感应到了些什么。我猜那堆盒子里也无非就是一些存簿、美金、手表之类的东西。家庭妇女热爱把最重要的东西放在袜子里、信封里、黑灰色圆筒的胶卷盒子里，存放的时候还要特为箍好橡皮筋、包上报纸，以为这样是最不显眼的，这真是奇怪，有谁会把垃圾包得如此严实呢？

"你很多事情都不懂的，我犹豫来犹豫去，还是把要到期的存折写了你的名字。你不要到时候傻，又白送给别人知道吗？那可是我的钱，我的钱！你赚过一分钱没？你自己心里有数噢。"我觉得她真的过于思虑。

但我并不讨厌我的母亲，因为她从来都是这样，乐观又充满苦衷、深情又爱撂狠话。她是个好母亲,手把手教我许多生活技能。尤其是我过了三十岁以后,她更加勤力地训练我择菜、洗衣服、清洁马桶、整理家务。有个大冬天,她特地买了荠菜摊在桌上叫我拣选,她则在一边幸灾乐祸地刷股票。我拣得死去活来,腿酸手凉,母亲就笑嘻嘻地说:"当妈不容易吧,以后可要长脑子,大冬天千万别买这种菜,去了黄叶吧,还要择头,择了头还有泥沙,冲泥沙的时候也不能用热水。妈妈看你这辈子也请不起保姆了,往后等妈妈死了,你一个人傻不溜秋天寒地冻买了难择的菜,越择越冷,越冷越想我……是不是,我们要杜绝这种傻事发生。记住,菠菜是小型的荠菜。对了,毛豆也别买。剥起来可烦人了,尤其是遇到瘪掉的毛豆,顶顶讨厌,吃起来没肉,丢掉又舍不得。我小时候最讨厌你外公叫我剥毛豆,最后一点点我都是放在口袋里拿出去丢掉的。"

"我不爱吃毛豆啊。"我回答。

"所以我没买啊,不然费老大劲让你剥完了谁吃?我又不是法西斯。总之谁上你家来要吃都别买,听到了吗?要吃出去吃!"

我只得吞下我的惊讶。

我猜想母亲正在把她的身后事,分配到日日夜夜、岁岁年年里叮嘱着我。这事虽然想起来很心酸,但真真切切发生着的时候,却又令人觉得还好。今年母亲六十六了,看起来像五十六,但我每次说她看起来哪有七十岁的时候,她都暴跳如雷。我第一次知道什么叫作向死而生、快乐地活着,就是从她身上看到的,她实在是我最喜欢的女人之一。她反反复复说"你有没有在听啊"的时候,我会想起我的前妻。她健康的时候,也是差不多的唠叨、戏剧化,又井井有条。

"你到底有没有在听啊?"母亲突然提高了声音,像是一种发病的前兆。

我于是关闭了浏览器,母亲则开始耐心地讲解她的收藏。有袁大头银元若干,黄金方戒三只,她自己的钻戒、项链、翡翠戒指、猫儿眼……总而言之没有一件是我感兴趣的。她导览着,忽然又停下来,打开一张夹在小包装袋里的小纸条,或者一封卷起来绑上橡皮筋的信件。那时候她就沉默了,眯着眼睛仔仔细细读完,又将它们恢复原状。我想这也许是父亲写的信,或者首饰的认证书之类。我的抽屉里也有一些这样的东西。有天我刚好找东西,看到夹在陈年笔记本里的一张小纸条,是父亲叫我写的保证书。"保证不再购买对学习无益的玩具,直到考上大学。"我那时不知道,那居然是我人生里最优渥的一段好日子。

我母亲那个三十岁多岁的八音盒里,从我十八岁以后就没添置过新东西,想起来真令人心酸。虽然我也曾犹豫过在写真集和首饰之间,选择一个更能令家庭幸福的东西当作给母亲的礼物。但最后,我还是买了一本逢泽莉娜。就是这样,许多事都没有理由,我也说不清楚究竟是什么样的力量令我作出这样的选择。我很爱我的母亲,但我选择买了写真集。那本写真集,我也只打开过一次。

"所以说,你记住了吗?"我母亲突然从她的次元问起,我恍如隔世。"以后妈妈不在了,这一家一当就是你管理了噢!"

我点点头,还拉了拉她的手。这是我所能想到的最好的绝招,省略用语言来表达我的情绪。母亲果然偃旗息鼓,她只是……摸了摸我的头,似乎是有些哽咽,又似乎只是流目油,转身就把这些东西抱回去了。她的背影看上去有一点奇怪,我很想把她拨正一点,她脊柱前倾,总像要摔倒。我曾经亲手拨过很多次女孩子,让她们看起来挺拔一些,或者诱人一些,但我实在不知道要怎么去拨一名母亲。

"对了,你音箱上的那个小姑娘,衣服总是掉下来,你是不是买了盗版的了?"母亲翩然而去,撂下一句狠话,带走了我的一个上午。

"我下午要出门噢!"我对她说。

"去哪儿?"

"去找阿平。"我回答。

2

我和阿平算是一个社区的邻居。小时候我们常常一起上学,一起放学。我们的履历像彼此抄袭,直至上了同一所大学,他念了计算机专业,我则念了社会学。大学里我们经年累月坐在教室的最后一排打游戏,上课打完了,回到宿舍继续打,没日没夜的。阿平照顾我,会帮我早起刷晨跑卡,打发军理课点卯,或替我做高数作业。有几门考试,我完全靠他给我准备的小抄才得以过关,他脑子比我好,只是没有从事学术研究,大学一毕业就工作了,所以境况要远远好于我。我有时通宵打游戏,睡到下午才起床,起身到水房刷牙,看到镜子里面他的背影,会冷不防以为是看到了自己。毕竟我们的身高一样,又在一起买衣服,一起买鞋,一起打篮球,喝酒,买玩具,买写真集。我去他家,他来我家,从没有想象中的障碍,直到他结婚,我们才略微疏淡些……我觉得像阿平这样的人是不可能结婚的，虽然我也结过，所以才知道他大概不应该。这样照镜子般的好日子一去不返，人生是单打独斗，住得再近也无法同舟共济。

阿平对我的好还远不止这些。我父亲刚过世的时候，阿平就一直在我身边陪伴我。接到噩耗，我俩正窝在一起打游戏。那会儿我还年纪小，因为太年轻而显得过于冷静，我并不知道未来迎接我的会是什么命运。我很惊讶地看到阿平也在一边抹眼泪，隔着厚厚的眼镜镜片，我不知道他在难过些什么。他第一次正正经经地见到我的父亲时，我父亲就是半具尸体。阿平也许是被吓到了，像我一样恐惧。我母亲在一边哭，一边骂我父亲，一边还拽着我，母亲似乎想要我做些什么合适的举动，让父亲最后能看上一眼，这实在令我尴尬。我是不是该马上保证考上名牌大学，还是娶一位四个字名字的漂亮女明星？我的脑子很乱，在当时，我反而更期待医生护士们围着父亲忙碌起来，这样我能更加自在些。

凌晨父亲过世后，我对母亲说："爸爸好像没穿袜子。"

母亲一愣,说"那你快去买啊"。我逃脱般地下了楼,到处找杂货店。找不到杂货店,我奔跑着穿了两条马路,周遭一片漆黑,像未来一样缄默。红绿灯晶莹透亮,像一种启迪,又像警示,我这才觉得鼻头有点酸。远远地,我看到了阿平的身影。他应该是追着我跑了出来,却没有跑到我的跟前。他像一个影子一样紧跟着我的失魂落魄,战战兢兢不敢跟我说什么要紧的话。

"回家拿吧。"他后来对我说……

现如今,关于父亲的事,我的记忆都越来越模糊,但那一小时买袜子的事却历历在目。除此之外,我很难跳脱"命运"这个词来单纯地看待父亲的离开。父亲裹挟着关于我人生的种种更美好的可能性,消失在这个宇宙深处,至少在我母亲看来,我们本不该过眼下这种生活。而这一切都是父亲害的。

丧礼那天,阿平围着像北方人一样很厚的围巾,显得头特别小,只需要一点点黏土就能固定住。灵车开走的时候,下起了一点小雨,于是车子被人拦住了一小会儿,后又开走。这个停顿像一种微弱的召唤，或者犹豫，让我有时间的余裕，很仔细地记住父亲庞大的身体最终被裹成那么小一条。我记得海量的花瓣、扇子、劣质的纸所做的各种假的东西，把父亲装点成一个花痴般的模样，他干瘪的躯干轻轻沉到了棺木底部，身上则盖着颜色缤纷的废物。母亲在一旁焦心地催促我，快去跟父亲道别、永别。在她哭哭啼啼的劝阻下，我兢兢地把双手插进了口袋。我当时若已成年，或者可以出去抽一根烟，打发焦躁。但我肢体僵硬，只是把双手插进口袋，什么话也说不出来。阿平在距离我一拳的地方，做了和我一样的动作。我和父亲的缘分不过短短十六年，如今我们分别的时间已经超过了我们相处的日子。我和阿平认识的时间反而比较长了。总之，那之后，阿平就对我更好了，他像一个女孩子一样，会牢牢记得我的生日，也会送我礼物，还都是我想要的东西。我想这大概是因为我们喜欢的东西都差不多吧。他只要送自己喜欢的东西，我大概就会很喜欢了。

我考上博士的那一年，阿平来我家玩，那会儿我有了女朋友，真正的。我只要看到她的笑容，就会很高兴。虽然她常常吃饭吃了一半，突然吃起我碗里的东西。阿平第一次见状，还故意不看我们，我觉得他是不好意思，其实我也被七七吓到，只是佯装自然，我们也并不算是故意要把亲昵做给他看。但七七做的怪事呢，总是那么小，小到不值一提，只有在回想起来的时候才略感惊心。

我和七七，我们在打游戏的时候认识，在线下见过几次，见面的时候，也都在打游戏。她第一次来我家，送我的见面礼是一瓶花生酱，最后她还吃得比我多。我则送了她一个威风凛凛的艾伦·耶格尔，有三套表情：通常表情、愤怒表情、哑然表情。她可喜欢愤怒表情了。然后她龇牙咧嘴着对我说："你就尽管来找我吧！"

那个样子吧，超美的……

阿平显然对我的女朋友十分好奇，像对我的其他玩物一样好奇。我记得他看七七时眼神中的光芒，这令我有点不知所措。那是我记忆中他话最多的一次来访，他问长问短又问得很不具体，我也马马虎虎回答着。我觉得七七的领口开得有点低，她又大大咧咧，这不太好。这也是我第一次觉得，我在保护我爱人的同时，在悄悄推开阿平的介入。尽管他后来成了我的伴郎，名正言顺，婚礼当天还替我喝了不少酒。就连他离开我们新房时的背影我都还记得清清楚楚，他难免显得有点落寞，可能是因为他的头太小的关系，需要很多黏土，才能固定成一个稳固的样子。

"有事叫我。"他最后对我们说。

我有些想念这句话，因为在那之前，的确还没有发生过任何事。

我当时觉得很好笑，新婚之夜还能有什么事，难道是甜蜜地疯掉……

没想到还真有这回事。七七在半夜把我的手臂都快要咬断了。在剧烈的疼痛中，我几近飙泪，差一点就要打电话给阿平帮忙。我内心呼喊的话是："阿平，救我！"但我最终什么也没有说，我像一个真正的硬汉一样吞下了那个晚上全部匪夷所思的遭遇，还佯装平静地继续生活了一段日子。在一场断断续续的欢愉过后，我美丽的太太突然开始抽搐,她紧咬牙关、面目狰狞,五官都失态了。她让我拼命在新婚伊始就想给我们的生命按个暂停,我不敢相信这一切是真实的。在慌乱中,我报了警,我们辖区的片警还给我做了笔录,问我"你对她做了什么?"我不知道该怎么回答。他又问,"结婚之前你不知道她的病史吗?"我也不知道该怎么回答。警察说,"那你以后打算怎么办?……"我第一次觉得我需要一种与表情有关的支援。

如今我手臂上的疤痕,提醒着我过往荒唐的婚史,也提醒着我的青春已经彻底离开了。这在我心里留下了一个恐怖的阴影,来自于我母亲后来凝视我的眼神,来自于我再度打量七七时的复杂心绪。据我所知,母亲没少为这事掉眼泪,但现在她对我提也不提。最要命的那些事,她一个字都没有跟我讲过。她杜撰一些事实,对我们的快递或者邻居说,说我被一个女孩子骗了婚,现在只能是一个离过婚的男人了,非常可惜。"好端端一个男孩子",我记得母亲描述我的语词,但在我面前,她什么也不说。我们对这件事的认知完全不同。我并没有离婚,七七本人也没有骗我什么。我早不再能算是"好端端"。我们短暂又凄凉的夫妻生活,本身并不值得遗憾,也不值得留恋。遗憾的是,我不知道是不是因为那件事才令七七发病。这令我无法面对许多人的眼神,包括阿平、七七的父母、邻居、快递、我母亲、我在天有灵的父亲。我觉得我被误解了,但我再也没法澄清这些原委。这也像我的父亲。

新婚之后还有一回,也是相似的过程。我们像普通夫妻一样洗澡、亲吻、做爱,而后她突然发病,我没有再报警,而是送她去了医院。我们也再没有发生过男女之事。七七醒来以后就哭,哭了很久很久,一旁的护士问我:"你对她做了什么?"我不知道该怎么回答。我心里很难过,我又想找阿平喝一杯。

阿平结婚以后,即使我们住家的距离依然只要十分钟的路程,我却一年才能见他一次了。我们偶尔在网上遇见,刹那间像回到从前,又不真的像,时光如电。我还在用猫上网的时代,每次逃学回家看到他的QQ头像是亮的,心里总是很高兴。但现在我看到他在线上,好像看到一个熟悉的陌生人，令我怀念起曾经并不知道珍惜的微小快乐。我想谈恋爱的感觉就应该是这样的，充满了无言的喜悦，说不出的、不能说的、不必去说的。虽然我真的恋爱时，又似乎不尽然是这样，匆忙多了。我和阿平，我们都很确凿地喜欢着女人，但阿平又让我知道，有些事如果不那么确凿，反而会活得比较轻松。在这个世界上，再确凿的感情也会褪色，褪色为一种深深的"知道"，或者说，不用再解释的"信任"。譬如我们之间，即使早已丧失了百分之九十的寒暄和鼓励，他依然是以前的他，我也是以前的那个无论是不是"好端端"的我。"好端端"这件事，对我母亲比较重要，对阿平来说，无所谓。我们什么都不用说，说了也不会影响我们之间的一切。

今年我过生日时，阿平寄给我一本渡边麻友，我们两家那么近的距离，居然都通过了快递，这是两个令人费解的女人送给我们友情的礼物。我收到写真之后，忘记跟阿平说声谢谢。我只问他"空吗？"他说"不"。这样便又匆匆过了半年。但这依然是一种深深的"知道"，我知道他，他也知道我，我们都过成一种难以启齿的样子，想要吐槽生活，也不需要语言。这样的朋友，我的人生里只有他一个。

我没有打开那本写真书，但封面真不错。我喜欢人体的线条甚过于人体本身。所以我喜欢女生的头发，我是个发控，这很讽刺。我愿意用手指去拨开她们的每一根头发，这能让我心情舒畅。头发对女人而言可能象征感情，对男人而言则象征力量，所以头发用"掉的"就不那么美好了。我好像还深深地喜欢着那些长头发的女孩子，尽管也领略到美丽背后的潜在威胁。打开她们和凝望她们会令我感到负疚，这是如今的我与小时候最大的区别。我只能把它们放在离我最近的手边，和罗兰巴特或者……库尔德利一起，心生敬畏。她们这样陪伴我、观看我、折磨我，已经足够了。

3

去阿平家过马路的时候,我又看见了那个女生。那个拦住我父亲灵车的女生。

她比小时候显得更壮大了。我总觉得她不像是个真人,而像个卡通片里才有的那种、体形颀长的女性。她头上戴着大盖帽,袖口上别着指挥标志,一双长腿被灯笼一样的裤腿遮住,站在路口,吹着凄厉的口哨指挥来往交通。"侬!过来!侬!停牢!侬!侬!死开!"她在新村里兢兢业业管理交通二十年,不知道的人还以为她真的是协管员,她所积累的年资都差不多可以退休了。这一生,她是一名高级的、敬业的、鞠躬尽瘁的交通协管员。大家都这么认为,就仿佛真有那么回事了,真真切切流逝的光阴可以作证。

其实我很想念她小的时候,扎着马尾辫,跑起步来胸脯震颤的模样。我和阿平透过她指挥时甩起的袖口,可以看到她半个乳房。这曾经是我们俩的秘密，后来变成了默契，再后来，则成为了可见可不见的布景。她像一个真实世界的手办，狭长、丰满、偶尔衣冠不整，没有童年，也不会长大。而我和阿平的另一个秘密是，我们要比很多人都早知道，她并不是一个真的交通协管员。

她倒是冷冷地观看着我们慢慢长大，目击我小的时候是个胖子，后来我因为打游戏戴起了眼镜，后来我瘦了，再后来我有了肚子，少了头发。我失去了父亲，母亲一个人将我带大，她有过几次约会，后来都无疾而终。我考了两年博士，毕业又失业，踌躇了一小段日子决定去做博士后。我从事各种表情包和网络用语研究，吊儿郎当又煞有其事，苦心孤诣钻研着人类社会的现在和未来，这样的人在社会上都前途茫茫。

她也冷冷看着阿平，被父亲卷走了工作五年的存款，买了失败的理财产品，据说那些钱被荒废在一个不知名的矿场上，荒荒凉凉再也难以还魂、重返人间。阿平整个家族历经这场洗劫，受尽了同情，最后终于用又一笔巨款装修了一个小小的三十四平方米的小房子，供阿平草草结婚。阿平心平气和地得到了一面墙的玻璃柜子，仿佛是作为补偿，也仿佛水到渠成。他也得到了一个热爱房本的、永远不太高兴的太太，磕磕碰碰共度余生。阿平至少还有一只老猫，还有我。

他有时在网吧出现的时候多了，我会担心起他的婚姻生活。但我这样的人还有什么资格担心别人呢？所以我问也不问，他不想讲就不用讲。

"求官方删了风行者这个英雄！"我看到论坛上飘过一行字，也会想到那个女人。

无论发生多少事，她则依然、永远，在那个路口指挥着交通，面无表情。无论我学习了多少研究工具，我想我永远不会懂得她。她在她自己的次元，头发剪成刘胡兰的样子，脸上的坚毅依然。在这个世界上，没有一个协管员的表情能比她更加视死如归。她是我和阿平的青春计时器，又或者是世事变迁的度量尺，可无论我怎么样不将她当作人类，我都不得不承认，就连她——一个失能者，都无可挽回地衰老了。她到底认识我吗？其实二十年来我都不太知道。她在自己的路途上远征，燃烧，远征……Sin'dorei。

要不是我们小时候看过她光着半个身体躺在地上咬母亲的胳膊，我怎么会在那个可怕的夜晚，紧急地把我的胳膊放到七七的齿间。我在那一刻瞬间体会到了母亲的爱，那显然与疼痛密切相关，是一种盛大的忍耐与牺牲。七七的牙齿爆发出生命的能量吞噬着我的惊讶，反而没有让我想要离开。难免的，有时七七也会让我想起她。

听母亲说，这些年"协管员"姐姐连续发过几次毛病，身体更差了。关于癫痫与精神病，科技频道倒是做过一个节目，关于二者之间神秘的关系，以及部队医院开颅的新技术。但我不是为她看的，只是看到她的那一刻，我又想起了那个新手术。我想如果她做了手术，不再疯疯癫癫，对她而言未必是一件十全十美的事，我和阿平家路口的交通也许会变很差。我以为我应该告诉母亲这一则偶得的医疗讯息，但在我想开口的时候，母亲却絮絮叨叨说起她的母亲反而问起我要不要去相亲。于是我简单说了句"不用"

就仓促地终结了对话。母亲不知道我心中经过的千里江陵，也不知道我瞬间就可以当作我什么也没想到过。

"人家都很关心你的"，是母亲一直以来都信奉的口信。但我不知道这句话的后面到底是接着"婚姻"，还是"死活"，反正说了一半的话都让我感觉到不自由。我已经不再擅长鼓起勇气，或者说，坚持到底。

阿平给我开了门，我进到他那一间富丽堂皇的家。不知道为什么，如今新村里经常有装修花费了四十万、六十万的一室户，不只是阿平，后来我听过好几个认识的人都是这么结婚的。那么小的房子花那么多的钱，完全可以打造一个新的次元。所以阿平做到了。他一共只有四面墙，却打了一整面墙的玻璃柜。许多原来我在他书堆和键盘抽屉里才看到过的好东西，现在都有了博物馆一样冷峻的灯光。这些漂亮的女孩子真的被摆出来以后，像青春进入了历史橱窗，并不能让人兴奋起来。相反是伤感，扑面而来的伤感。看到她们再看到自己，看到她们正看着自己，很难过的。

阿平的太太，见到我却并没有跟我说话。他们俩是相亲认识的，她的脸上写着她彻头彻尾就是这样的人。阿平有天对我说："有个人想嫁给我。"我就"哈哈哈"一通乱笑，我可不知道那个女人会那么不喜欢我。总之她看到我来，就起身去上厕所。紧跟在她身后的，是阿平的猫，一只健美的白腹老狸花，它不怕我，因为我是看着它长大的。我也想念我的猫，可惜它被我太太放在微波炉里杀害了。那真是很糟的一天，七七也撕了我不少东西，每一件都让我心碎。我很想平静地和她分手，但我没有分过手，不知道原来那么难。

在马桶抽水的声音里，我匆匆问阿平"侬好伐？"他说，"我换了工作，更忙了。"我看到他鬓角白了，但只是几根。他又问我："七七呢？你去看过她吗？"

我点点头。

但没什么事能够来得及细讲。

我最近一次见七七时，是她母亲特地告诉我，七七出院回家住了。只要按时吃药，她早晚还能去上个班，这是她母亲的期盼,却不是我的。我对七七没有要求,我好像有点对不起她。七七看到我的时候很激动,拉着我一起剥毛豆。这些毛豆并不好剥,瘪瘪的,抠得我指甲疼。她家里阴冷无比,我简直能够感受到寒意从我的脚底心一直上升到膝盖。而后七七对我唱了一首歌,《常回家看看》,还非要我录成视频,这个视频如今像一具尸体一样躺在我的手机里,每次存储空间不足,我都会想起七七,想起她霸道地盘踞在我的记忆中,寸土不让。她发病的时候常常往外跑,几天不回家,回来的时候又衣冠不整,袜子一长一短,衣服脏乱不堪。面对这些事,她母亲时而崩溃、时而又冷静得吓人,还对我说:"她要是来找你,你不要害怕。她就是死在侬那边,我也不好怪侬的。我都能接受的。"

坦白说,我也收到过她母亲所唱《常回家看看》的视频。七七银铃般的笑声穿插其中,对我大声说,"老公我回家啦!我妈可以证明!"那一段,我也没有删。我想等 iPhone 出到 8 的时候,我就把这台手机彻底锁起来,像块铁一样,包好壳,绑上橡皮筋,放在母亲的八音盒里,仿佛是我对我们这个被诅咒的家族唯一的贡献。算是我舍不得扔。

那一回我去看她,其实心情很不好,我的论文没有过审,博士后却出站在即,前途茫茫。初冬的屋子墙壁上有白色的剥落的墙灰,特别像一个先锋的舞台。方桌上绿茵茵的毛豆,缝纫机小抽屉的拉环,斜插在热水瓶与红富士苹果之间的CT胶片……都因为看起来孤冷而令人印象深刻。因为七七的关系,这个家有了顽固的、病怏怏的颜色。七七像是一种液体,能让整个家族都晕染上消毒棉花的气息。她流淌到哪儿,哪儿就完蛋。这个家也曾是温暖的橘红色,像煮熟的大闸蟹一样带有幸福的颜色和气味。可惜那些好日子一去不返。七七应该有一个大招,叫作"好景不长",足以碾压我。

在我眼里,七七依然有点美,领口开得很低,她简直没有领口高的衣服。我喜欢她的胸,尤其是那隐蔽的、纷繁的乳腺,像具有力量的武器打击她肋骨的想象空间,会使我感到兴奋。所有的衣服在七七身上都像病号服,她却依然是一名可爱的病号,她就是有本事能让衣服看起来不重要。如果她是一个玩具,一定会成为我最喜欢的那种,我如我母亲所想象的那样变卖家产,都会把她好好地带回家,让她看着我吃面、打字,趴在我的纸巾盒或者Q10药瓶盖子上。我还想带她出去拍照,趴在别人的汽车上,小树干上,或者小池塘边。她可以不那么暴露,我可以给她买能够出门的衣服,以至于不让她看起来像一个高仿货。但眼前的她显然有一些过于朴素,裹着紫色的棉袄,笑起来眼角堆满皱纹。她比我心中的样子苍白了许多,我很难想象她作为我妻子的一小段曾经。我很想念她,即使她就在我眼前,其实也说不上发生了多大的变化。

而我放不下她的原因,是她最后一次发病入院之前,曾经失去过一个孩子。当时我还沉浸在她杀害我的猫的悲痛中,我打了她,她后来显然不记得这些原委,对我像平常一样友善、温馨。开始吃药以后,七七的记忆就十分混乱,她有时会叫我其他人的名字。我猜想那一定是对她挺重要的男孩子。从她灿烂的微笑与闪烁的碎片般的言辞中,我大致知道她曾经的男朋友是学校乐团的乐手、大学肄业又出国去的学生……他们中的一个曾在一个雪天逛过北外滩，又在香港跨过年，在跨年的那一天他们在一个天台的什么树旁发生过关系，这些事我与她结婚前我都一无所知。我喜欢她眼神里确凿的、晶莹的光芒，我误以为那是天真和爱，我不知道这还有一种可能，就是疾病。

我后来有些理解，为什么七七的父母在一开始会那么热情地招待我这样一个一事无成的废柴，催我们结婚，为我们提供一切方便。他们对我们曾失去过一个孩子这件事，也表现得异常平淡。其实到现在为止，七七的父母依然算对我很不错，嘘寒问暖，无论我是否理睬他们，或突然出现，或问候，或离开，或不回答他们的问题，或又突然问起他们很多问题，他们都热情待我。七七母亲有意无意会说起，七七依然穿着我给她买的衣服，在我之后，她就没添置过什么新衣服。我看了七七一眼，可能是如此吧，她的脖子上还带着我送她的哆啦A梦项链，她的彩色袜子也是我们一起在优衣库买的。嗯，我还真是常常给别人买袜子。我很想念那些晚餐后散步的小时光,那可能是我这一生中最开心的日子。

我有时觉得七七是我的前妻,因为她已经彻底离开了我的生活。有时又深切地知道,其实我们并没有真正切割干净。从法理上我们并没有离婚,七七也始终在我心里。可能我一直就喜欢她的痴和癫,她时而怏怏又突然堆满笑容的样子,那就是我喜欢的女孩子。我们最好的日子短暂又温馨,她陪我打游戏,给我煮面,我觉得婚姻就该是这样的。尽管我新婚之夜就进了警察局与医院,而后我不断说服自己一切会好起来,又努力重新跟她生活过好几次。包括此时此刻……我都努力和她吃着药的现状认真生活在一起。我最近一次离开她时,她冲过来揪着我的衣领说:"你死不死啊?"我说:"不死。"她就幽幽然走了,她的屁股上有一朵血渍,这让我实在难以忘记我们曾经的孩子。那天晚上,她发了一百多条朋友圈,有她在唱吧唱的歌,也有和我的合影,甚至有我睡着的照片,暴露了我半个光头。我不知道她什么时候拍的。但就连这种失控的出卖，我都已经习惯了。

对了，七七应该被我们所有的好友都屏蔽了。曾有不怎么熟悉的师弟在谢师宴上感谢我，说我的太太帮助了他们戒除了朋友圈，功德无量。我知道他们是在讽刺我。我想往他们的脸上丢一百张歇斯底里的表情包。但在现实生活里，我还是面瘫着给他们一一道歉。我说"对不起对不起，大家可以屏蔽的，可以屏蔽的"。我觉得自己很丑陋，在旁人眼里是个衰爆的博士后。我未来会做什么工作只有鬼才知道，招聘上只要提一句"35岁以下"我就能早早地阵亡。更何况，我还有一个这样的太太。我没有父亲。我也没剩下多少头发。

我和阿平都不适合结婚，这算是马后炮，像一种诅咒。我知道阿平不会屏蔽七七，不然他怎么知道最近七七回来了。阿平的太太应该对此很不高兴，因为七七的关系阿平看不到她的朋友圈了。她讨厌我，讨厌我们夫妇，所以我一来她就走，给我脸色，女人都这样，明明不认识都能互相为敌。今次我来问阿平借西装，参加下个月的出站报告。

阿平将衣服拿给我以后,我拍了拍阿平的肩膀,转头离开了他的家。

4

在我看来,人世间所有的表情都无疑为各种与"尴尬"搏斗的形式。生活中的"尴尬"是永恒的,这点大家都能感受到(我母亲该如何面对我不忠的父亲在别人家里突然倒下、我又该如何面对我的妻子可能因性生活而爆发陈年隐疾?),"表情包"则能稀释社交"尴尬"中极为沉重和苦涩的部分。"表情包"也启示我们对情绪的感知,我们通过"表情包"来建构新的情绪,这些新情绪有些是初次相逢,原来我们并不知道情绪可以这样表达,所以我们通过"表情包"来展开学习;有些则呈现为一种无言的疗愈。

字与图,为我们复杂的情绪作了精准的定锚。在网络生活中各种各样夸张表情的出现,使人们得以在私密环境中持续不断地释放压力。而不像传统社交中,我们只能通过面面相觑、不断地说话、饮食、碰杯、聆听梦想破碎的声音来搪塞大大小小常见的尴尬。成年人能够熟练地运用沉默或者"哈哈哈哈哈"来打发一整个下午的相处策略，显然已经太老派。杯盏交错与初音未来，到底哪个更适合人类的精神生活，已经越来越难以精确地判定。反正如果可以投票，我显然会投给初音未来。

我们显然需要一些可以发散、浓缩的物什，来更为细腻地瓦解日常生活的重大压力。我认为，所有依赖真人的行为而实现的心灵慰藉，总有一天会被各种生动的符码所替代。这种符码也许存在实体，也许只是一种想象。同一次元的人能够促进这种符号不断繁殖、淘汰，自我净化。不同次元的人，也能通过新的"连接"符号友善地沟通。我们会被不断演变的符号所启迪、所奴役，更重要的是，这些符号能消耗我们生产过剩的爱与欲望，心酸与同情，使我们的"动情"更为节制。

不需要真人，这并不是一件令人失望的事，相反应该令人感到敬畏。人真是麻烦，人与人，则是集麻烦之大成。

面对婚姻中的欺骗、意外甚至是……赌博，人类的表情早就不够用了。譬如我又应该如何运用合适的表情来面对眼下这种毫无出路的局面呢？就我目前的研究成果而言，国家显然不应该出钱来资助我的研究。但比我更绝望的废柴大有人在，我有个朋友研究弹幕，他常常收到被污染的银幕截图，别人会对他说，"你也不批评批评你家弹幕"。可弹幕不是他们家的，弹幕和表情包一样，是民间的游戏。我们玩耍一切，以便使得自己被命运玩耍这件事不会那么不可理喻。一切的工具，以搪塞，实际是搏斗，与性、与孤独、与爱，厮磨与缠斗。

"他们不想跟两年前的陌生人对话吗？"这位师兄问。在他看来，他与这个世界最温暖的链接就是跑动略过视网膜前的三个小字——"有人吗？"紧跟其后，来自宇宙深处被折叠的时光里，会发出又一个微弱的声音——"小白龙！"（电影《推手》）

你是不是不知道他在说什么？其实没人知道，这不重要。重要的是，"有人"对此作出了回答。两个对话者可能互相并不知情，隔着时差，也隔着时差中所不断发生的数不清的往事。这种互不知情的相遇，令我们的观看创造了全知的优越感。这很浪漫，不是吗？我们完全可以和这个局面暧昧地相处下去，而这些看不见的人和我们一起，正经历着不被理解的最好的事情。

我还有个朋友在研究网络谩骂，嗯……他最近有点想彻底改行。因为谩骂总是在一个次元，拿出小粉笔画线，泾渭分明。然而和我们相比，他那个游戏有点小，有些过于直接而丧失诗性和偶然性，美感也就随之消失了。

偶然的爆发也不总是唯美的。譬如七七的病例很坦诚地告诉我，在结婚前她的确有过十几年的正常生活了。她认认真真上了大学，进入一家小公司当行政文员，喜欢吃零食和打游戏，直到我们相识。她满脸写着贪玩是没错，但她并没有表现得特别出格。关于这一点，没有一个人欺骗我。他们的筹码是，万一她好了呢？我显然也希望如此。没有人比我更希望七七能好起来，或者说……从来都没有不好过。我甚至扪心自问，万一她真的好起来了，我会不会与她分开。在我心里，等她好起来之后与她分开总要比此刻与她切割显得更为高尚一点。我的确没有为她考虑，我全是为了我自己的感受。我冥冥中感觉到，这场婚姻仿佛是阴谋。在婚姻生活途中，七七开始发病，这令她发病的缘起，毫无意外的与我有关，关于这一点，警员的笔录中都详实地记载了下来，我无法篡改。我成了一个潜在的"罪人"，这令我十分……尴尬。我需要一个庞大的"表情包"来应对我的爱人，七七却是一个接受无能的人。这很残酷，像极了尴尬本身。

偶然的爆发也不总是美的。我当然知道这个道理。

做完报告的那个傍晚，我回家前在"全家"吃了一个新出的草莓冰淇淋，买了一瓶酒，坐在路边轻松地喝了起来。我背后的小餐馆，玻璃门上写着"小心碰头"四个字，我总觉得是个什么隐喻。有趣的是，这里市口不好，或者说，风水不好。从我父亲过世那年开始，餐馆开了倒、倒了又开，像植物一样有着自己的兴衰和节奏，已经不知道几个轮回。餐馆的隔壁，有一家洗衣店。我母亲一直很想有一家洗衣店，她恨不得把家里所有的东西都一洗再洗。但近来，这家洗衣店突然开始卖起红酒，在进门处，生生开辟出了一个新的世界，一个突兀的酒柜，一块小黑板，上面用红色绿色的粉笔写了些洋名，不知道什么意思，又象征着什么生计。洗衣店的旁边，是一家极小的宠物医院，有两只奄奄一息的布偶猫正在挂水，受制于人类的意志延续生命，看起来远远不如那些常年躲在车底的小东西来的自由。宠物医院旁边，是一家理发店，名叫"维娅丝"。每天早晨十点，店里的五个员工会出来跳操，这也是有段日子的风气了，房产中介、理发店的员工会跳舞来振作士气。"维娅丝"东施效颦，五个员工个个看起来都面露难色，如果天色不佳，这种荒腔走板的舞蹈会看上去有些凄凉。七八年前，在"维娅丝"还叫"艾伦"的时候，他们家的玻璃是粉红色的。远远看过去，会看到很多女人的腿，在粉红玻璃的滤镜下看起来诱人。世博以后，她们就消失了，不知道去了哪儿，也许是嫁人了，或者改行了，世事如棋，总能走出下一步，总能找出新办法。

这些店我看来看去地又看上了一遍,我以为不会有什么新的意外。突然间,我看到了一个熟悉的身影在夕阳下。她的背影看上去有一点奇怪,我很想把她拨正一点,她脊柱前倾,总像要摔倒。我曾经亲手拨过很多次女孩子,让她们看起来挺拔一些,或者诱人一些,但我实在不知道要怎么去拨一名母亲。

她的身后还有一个男人,正帮她提着袋子,两人看起来没有说话,却像两棵种植在一起的老树一样熟悉。斜阳映照着男人的头发特别茂盛,红褐的颜色却让人不胜唏嘘,我猜那一顶一定是私人订制,不便宜。而后我想到母亲手捧的那三个盒子,满桌的荠菜,想到她在经年累月里对我说过的旋风般的叮咛……

远远的,我好像听到有人在喊,"侬!过来!侬!停牢!侬!侬!死开!……"有人在唱《常回家看看》。我有点想念阿平下次一定会问起我的"侬好哦",我要怎么回答?

而后母亲微笑着转过身来,她也看到了坐在路边的我。

过房

1

护士小晚照例准备用皮筋为老夏绑手扎针,那是个年轻女孩,腿细得像麦秆,皮肤雪白。她戴着口罩,眼睛里都能洋溢着清澈的笑意,讨人欢喜。听人说是快要结婚了,新郎倌是个中学老师,真是郎才女貌。

"啊!怎么会。"小晚轻声叫道,立刻松开了皮筋,急忙说,"夏伯伯对不起,我们换一只手好吗?"

"没事的,没关系的。"老夏于是递出另一只手来。

小晚扶着老夏的手臂仔细地看了又看,轻拍了几下,神色十分紧张。

"呃,你还是先等一下,我现在就去叫医生来看。"她终于恢复了职业的沉稳,放下医疗推车,小跑出病房去。

"其实真的没关系的。那么小的事。过一会儿就好了。"老夏心想,小医生总是容易大惊小怪,何况又是女孩子。

老夏被皮筋扎过的手臂处,此时已经隆起了一汪湿漉漉的血痕,小晚轻拍过的皮肤处也是同样的,带着狭长的、透亮的血意。这一次入院以来,老夏的状况就一直如此。因为身体上的皮肤总是不明原因的一碰就破,简直无法展开任何医疗。于是,他每天只能吃吃药,睡睡觉。所谓的住院,也就显得格外像是心理上的煎熬,治病反倒是次要的了。

医生倒是没有如小晚一样慌张,他看了看老夏的症状只是说:"第一次化验的时候你好像还好啊,扎针什么的也都没有问题。现在怎么突然变成了这样。皮肤状况这样下去真的很麻烦。要么你还是先去皮肤科看看好,我们才能继续做方案,看你到底要不要开刀。不然皮肤都没办法愈合,一碰就破,静脉针都打不了,怎么做手术,我们没法处理啊。对了,你的家属呢?"

"噢,他们下午会来。"老夏微笑着说。

"慢点叫他们来一趟。"方医生嘱咐道。

小晚于是抱歉地看看老夏,又送走医生,转回来对他说:"夏伯伯你先不要急,晚一点我们安排皮肤科的医生过来帮你看。"

老夏于是又笑笑。

"你今天大便有吗?"小晚问。

"还没有。"老夏答。

"有了告诉我,看看有没有血。"她仔细地记录在案。

"好的呀。"老夏笑盈盈地应允。血最恐怖,一般人都怕,护士也怕。老夏却不怕。他一旦不怕,大便反而更加不正常了。真是奇怪。

这元旦一过,眼看可就要过年了。老夏心想,又是一年,日子可真不经过。他这样的状况,也不知道能不能回去像模像样地过个好年,更不知道还有没有下一年。反正医院这个地方,他是再也不想来了。医生也说没法治,这倒爽气了。不如让他早点回去太太平平过个年。老夏还想着,最后的日子千万要喝点老酒。酒可是老夏一生中最不会失去的伴侣,虽然也曾给他惹了不少麻烦,却像自家亲人般的怨不得。医院里不能喝酒,哀哀苟活着也就没大意思了。要死,真不如在家里舒坦。更何况,如此继续消耗下去,一定会累及姐姐们,母亲也要担心。好好的一个人,到头来做成一个"讨惹厌"的老头,始终不是他心里的愿望。眼下,吃喝虽说是不忧愁的,忧愁的是吃不下;也有护工照料伺候大小便,可惜大不出。都是白搭。白搭还要花钱,乱哄哄的人来人往里,想见的人却见不到,心里不舒坦。

刚刚得知自己得了大肠癌的时候,老夏自己没什么感觉,陪他来看病的二姐晓芳却大哭了一场。她抽泣着说,"弟弟啊,你真真一天好日子也没有过上过,一辈子还没成过家呢。姆妈晓得要怎么办,她最最担心你。怎么会这样的啊,老天爷真是不公平,好人没好报啊。呜呜呜。"最后反过来还要老夏去安慰她。

老夏说:"人都要死的,不要紧的。我不是很怕的。"

晓芳说:"可是我还是要找人商量啊,这么大的事,我要先找谁呢?"

老夏说:"随便你找谁呀,但先不要告诉姆妈。她都九十岁了,让她过个好年。这几天你就说我出差去了,我过几天肯定要回去的,医院里有什么好住的呢。你不要说漏了噢。"

晓芳于是抽泣着出门打电话去了。女人总是不中用的,出了事就哭哭啼啼,但关键时候,好像又有点离不开她们。

大肠癌在癌症中算不上最凶险,本来切掉病灶再加化疗,大部分人都可以维持生命。无奈老夏因为长期酗酒,皮肤像雪片一样剥落早就不是新鲜事,他的身体本来就千疮百孔,如今雪上加霜。最初约定好的手术日子一拖再拖,到最后医生也束手无策。每个礼拜,由老大、老二、老三排着班来看他,家里他年纪最小,从小最受照顾。她们还要排着班去看母亲。这一老一病,把四个家庭纠集在一起,见面频率高得好像姐姐们都没结婚时那样闹猛。但青春里木知木觉的相聚可不比如今，人人都有自家事要忙，孩子都没成家，母亲又老了。老夏想，她们能来看看他已经谢天谢地，是恩情。亲人间也不能视若寻常的恩情，都是要还的。哪怕是前世里欠下的，都无处可躲。这辈子还不完的，来生也要给补上的。所以这世人啊，做得无滋无味，一事无成，但大概能把之前欠下的债给偿清了。

老夏这样想，也没有感觉有什么轻松。他有时看看窗外，开始还笑嘻嘻，突然就不想说话了。他好像是在等人，又好像不是。其实平日里在家也是差不多这样子，看看外面、看看里面，喝喝酒。一辈子就这样稀里糊涂地过去了。要这样细想，他就会有点难过，眼睛红红的。迷迷糊糊地眯上一会，又很快忘记这些。直到护士来送药，才打了个哈欠醒来。一日复一日，都没什么新的剧本。

小晚说："夏伯伯醒醒啦，先吃药，下午再睡。今天下午谁来呀？"

"应该是我女儿呀。"老夏幽幽地回答。

小晚从没听说老夏有自己的家庭，但他常常这么说，这是私事,她也有点不好意思打听,就没有多问。小晚递水给老夏喝,却见他两条手臂上还隐隐冒着血泡呢,真可怜。老夏的皮肤就像湿透的薄纸,裹着日益脆弱的生命。一眼就能清楚看到青红相交的血管,仿佛随时都会破裂一样。这居然还不是他生命中的大患。

"我开玩笑的。是别人家女儿啦,像你一样。"老夏贼贼地看着小晚,却笑得特别不自然。"她还跟你一样大呢。"老夏补充道,"但没有找对象。还是你比较好,结婚了,下半生有依靠会比较好。"

小晚就笑笑,不跟他计较,随便他怎么胡说。在心里面,她是挺喜欢老夏的,也不知道是为什么,眼缘吧。癌症病患脾气都很差,末期的人都不好当一般人来计较。人人都想活,最后都是气力耗尽而恹恹蜷在病床上。糊涂时候好,清醒的时候,他们的怨念要比癌细胞还要迫人。他们有时胡言乱语,突然就嚎哭,或又抓着医生护士的手臂道歉;狂躁发作时,是需要家属签字打镇静剂的。可这都怪不得他们本人。所谓病魔,也就是会把好端端的人给活活弄疯掉，对每家人来说，那都是灭顶之灾。所有的病人里，就只有老夏看起来特别沉得住气。明明治疗毫无进展，也不动气，也不着急，仙人一样的表情。他好像对治疗不治疗这件事压根无所谓，住院是为了家里人开心。每一天吃得下睡得着。即使面色极其不好，他也一直笑呵呵。没见过这么没心肺的。

老夏要是能做手术就好了，一定能救回来。小晚心想。好端端的一个生存希望，怎么会断送在皮肤上呢，实在有点冤枉。何况他人还那么好，扎针出了那么多血，却一个劲安慰她不要紧。现在这样有善心的病人已经不多了。

记得早几年，小晚刚做值班护士的时候，有一晚她困意十足，忘记帮一个加护病房的阿婆推胰岛素。没想到阿婆自己也是医生，醒来十分虚弱地对她说："小姑娘啊，我没有死在癌症上，却死在没有推胰岛素上，你说我冤不冤。我要是死在你手上，变成鬼，你怕吗？"小晚当场就吓哭了，以为要丢掉工作，以为差点杀了人，更怕遇到鬼。幸好老人慈悲，没有将事情闹大。往后的工作里，她都警惕得很。然而时过境迁，想想万事不过如此，好人未得好报，阴错阳差里翻船的事多了去了。许多病人进来头一个月翻来覆去想"为什么是我"，然而在外人看来却"为什么不是你"。后来也就索性不想了。一个人身上七八根导管一插，根本想不了那么多事。

老夏却不一样啊，小晚心想，他和那些病人好像都不太一样啊。他既不怕死，也不想活，很随便的。七八年来从没见过这样的怪人，没见过这样松懈的表情。这么随和的人居然也没有个老伴儿，老夏可怜。

2

下午来的那个女孩胖嘟嘟的，完全看不出是和小晚一个年纪。她一到病房就扑到老夏床前说，"夏叔叔，你到底好了没有呀？你快点好呀。"像撒娇。

老夏一下子被她甜得开心极了，说："小姑娘，我老早好了呀，可是他们都不让我出院，就是不想让我上班。不过我要是捱到过年以后上班不是蛮好的嘛,上上停停也很烦的。你不要急。我会回家过年的。"

小晚在一边听着,看看他,哭笑不得。老夏也乐得和她打招呼,仿佛在说"我没骗人吧!"

"人家产假都没你休得长呢。"女孩笑道,"我怎么不急呀,我急死了。"

"急也不见你来嘛。"老夏嘟囔着,像赌气。

女孩于是说:"对不起对不起。我不知道你那么想我。但我也想你的!"

老夏叫她小姑娘。其实她已经不小了,今年二十六岁,小名叫樱桃。老夏眼看着她出生、长大、上学,看她一天比一天敦实,心里欢喜得很。人的一代又一代,其实也无非是这样。

说起来,樱桃的性格特别像他,乐天派,但上海人讲起来,就总归有点"十三点兮兮",成天都在傻乐,一点像样的心事都没有。一眨眼,樱桃就已经是大姑娘了。这要放在以前,她妈妈的年纪,第一胎都怀过了。现在的孩子都成熟得晚。不像他们这一代，十八九岁要比现在二十八九的人还要沧桑。他们当年，年轻终归是年轻，沧桑也是真沧桑。仿佛两件事是不搭界的。生理和心理是不搭界的。

樱桃去年刚动了一个卵巢皮样囊肿手术，却是还没结过婚的人呢。现在的大环境都很不好，人人都活得很不好，小孩都作孽。故而，没心肺反而成了好事。因为生病，樱桃就丢了工作，但她的性格决不会去单位闹的，家里也没有人责怪她。大家都说"算了算了"，健康比什么都要紧。想来的确如此，健康要紧，有健康，才有力气去等、去计较、去虚度，日复一日。不过，樱桃这场突如其来的病，缓缓地也就好了。如今从外观上，真是完全看不出什么异样来，否极泰来。樱桃就和小时候一样，胖胖甜甜的，老夏最吃她这一套，她哪里像是快要三十的女人，哪里像她妈。

樱桃的母亲佑琪在退休以后帮私企当会计补贴家用，她倔强了一辈子，也操劳了一辈子。樱桃父亲腿脚不好不便走动,早几年提前退休就几乎不下楼了。所以樱桃生病前后,都是老夏在病房里照顾她。人人都以为老夏才是她爸爸,她真正的爸爸反倒是没来过。然而,这也是经年常态了,老夏早就习惯了别人的眼光,樱桃也习惯了。"啥地方去找这么好的过房爷。"这是老夏得到过的最高的评价,他一点也不喜欢,只能装作很受用。"过房过房",听起来很假,生活却是很真的。比方没想到,樱桃的病刚好,老夏却病倒了。

老夏知道樱桃不会不懂这是什么病房他得的是什么病,但这是她这回第一次来看他,老夏不想跟她说道这些伤心事,说他其实一直都在等她,每天都和护士说女儿会来看他,她们一定都当他是老年痴呆。老夏真的不知道樱桃是因为什么缘故一直没有出现,那么多年他待她那么好,哪怕是近来,他都待她如掌上明珠。这些问题,每天会折磨他十来分钟,很快又忘记。老夏安慰自己,"每个人都有自己的想法",或者"儿孙自有儿孙福"。这些道理,也不知道他是跟谁借来的。

老夏唯一感到丧气的，是他好像没什么立场支撑他认真地去计较，只能插科打诨，或者玩世不恭地赌赌气、撒撒娇。直到这会儿，当樱桃真的伏在老夏身旁时，两人看起来像是一家人刚闹过脾气呢。唬弄唬弄又腻在一块儿了。旧年里那些积攒的不开心，老坑一样地嵌在老夏心里成了沟壑，再也刷不干净了。好的时候，老夏自然而然就眼开眼闭。他只好去相信，她们都忙吧。

这会儿，老夏看樱桃的眼神里，只剩下欢喜了。仿佛刹那间，他不记得自己是被死神盯上的人，不记得手臂上莹莹的血光。认真说起来，生这个病，老夏没感觉到什么失意。认真说起来，如果樱桃会多来看看他，他宁愿生这个病。人嘛，横竖里就是一死，更何况活着那么苦，开心的时候那么少。他有点厌倦了。

樱桃对老夏说，她刚刚找到新工作，在便利超市当店员，店长待她可好了，每天四点就能下班。这下老夏可为她高兴了，连连说"好"。他把早晨姐姐为他削了皮的猕猴桃递给樱桃说，"你吃呀。我牙不好。"樱桃不肯，他就嘤嘤蜷进被窝不接手。樱桃于是打开餐盒，用叉子吃了起来，腮帮子鼓鼓的。老夏便又爬起来，像个大孩子一样，看着她静静地把三只桃子吃完，一直微笑着，比自己吃了还高兴。

老夏记得，樱桃刚出生那会儿，也是这样脾气。给她吃什么都吃，一天能吃下好多东西，直到拉肚子前都不会推开一下。笑眯眯笑眯眯。真是个好福气的姑娘，招人疼，有人养，愿她往后也一直如此，遇到好人家。后来，老夏自个儿养金鱼的时候，觉得金鱼特别像樱桃，养狗的时候，又觉得狗也像樱桃。樱桃的脾气好，乖巧，反正样样好。她母亲佑琪的性情，则是万千不及樱桃的。很奇怪，明明是很普通的一个女人，却骄纵得很，也是从小就清高，一辈子过成人家三辈子一样吃力，最后终于老了，还是那样莫名其妙的骄傲着，从来没有妥协过一天。

其实老夏不太忌讳自己想起她，或者遇到她，尤其是这些年，大家的心都老透了，早就打定主意往后要开开心心。可仔细想起来，两人上一次见面也的确是因为要照顾樱桃的病。樱桃成了两人之间重要的"断桥",烟雨里寸肠千结都是旧事,仿佛只有看到她,老夏才能想起来人生里还有过那么一点安慰。要不是樱桃太可爱,他们两人也许真的就散了。人家小孩"可爱"个三五年了不得了,樱桃却可爱了二十六年。老夏就在原地守了二十六年。如果当年没有樱桃,老夏觉得,人生一定会不一样。

这些年,佑琪一面要照顾家里的那一位腿脚不好的,一面又要养活女儿,苦不堪言。无论老夏怎么努力,怎么付出,他从佑琪的眼睛里,再也见不到所谓"想见"或"不想见"的意思了,这个问题曾经对他而言是那么重要啊,曾经像热烈的酒气,忽悠悠地散在风里、雨里,如今却淤积在大肠的肿瘤里,遥远又切近。总之,他们两个碰上就碰上,佑琪总是那么风尘仆仆、又牢骚连连。碰不上就碰不上。她是不会多打一只电话,也不会拒绝接他的电话的。这要放在三十年前,就是她从来不会给他多写一封信,多给一句承诺。都是老夏在问她,你好不好,你开心不开心,你要不要跟我结婚。她也从来不会正面回答。但每一次，当老夏真的打算不再问了，决定要放手，她却又哭起来，断肠一样的舍不得他，看起来好像又是依赖他的。这样的事，直到佑琪结婚以后还是一样。她的丈夫当然知道老夏，早就知道老夏。两人若只是隔着佑琪，恐怕能打起来，可隔着樱桃，则又犹豫了。老夏知道，他也没过好。大家都没过好，这事要怪佑琪，但老夏何尝不怪自己。这三十年的轮回往复里，老夏到底也疲了。手中攥紧的绳索忽然放松以后，他好像成了一个从没有过青春的人，一个从出生起就注定要遗憾的人。就像姐姐为他哭的，他真的没有做过人，没有成过家。

如今再没人再问起那些原委了。酒局上也没有。既没有人劝他结婚，也没有人劝他多为自己想想。大家就说，"发财发财"，"身体健康"。但两件事老夏都没有做到。记忆里最爱捣乱的、譬如问他"樱桃到底是不是你的"的那个好兄弟，前几年因为一场车祸过世了，运气好，赔了一大笔钱。他的亲生儿子用这笔钱去炒股票，从中产阶级渐渐一贫如洗。所以自己的孩子这样的事，想起来，好像也不那么令人羡慕了。老夏有时真想再被问一问，想尴尬地答一答呢。有时又只是想找老朋友喝酒。一个人喝酒喝太久，总是寂寞的。

至于爱情，那到底是什么呢？老夏觉得，那就是个病。隔着这个病，还有别的病。要治这个病，先要治别的病。像他如今的肠子，好像明明能治，却谁也治不了。还没治，就一手的鲜血。所以说，都是命。

所以当樱桃说，"夏叔叔，我有男朋友了"的时候，老夏一瞬就走神了。天啊，就连樱桃都要结婚了。他仿佛没有想起二十七年前佑琪对他说"我真的要结婚了"时的表情。他第一次觉得她们到底是母女，性格不像，神态还是像的。面孔不像，笑里却藏着幽灵般的谜面。诱引他一再地沉溺在这片温存的泥沼中。

"……到时你一定要来哦！"

"啊，你说什么？"老夏显然是走神了。

"我说，如果这次我能结婚的话，你一定要来哦！"樱桃洋溢着羞涩、雀跃，或者说甚至有点忘我的天真。

"诶诶。有数了。"老夏略显生硬地回答。他没结过婚。比较下来,他好像更愿意去小晚的婚礼呢,虽然小晚也没有邀请过他。

3

大殓在春节后才真正办起来。可把老夏给累坏了。

家里谁也没有想到,他们终于没能过成一个好年,这一切却不是因为老夏的病。

老夏出院以后,就如往常一样回到家里,吃吃药、睡睡觉。还说好了过完年要去上班的。年前,老母亲却在冬日雨天里滑了一跤,也不知道是不是被人撞的。总之她哀哀伏在地上很久没起来,也没有路人上去扶一把,因为这样的事在这样的年头里算是很不祥的。然而老母亲真的太老了,加上过年时也没有好的医疗条件。在医院里没几天就彻底断了气,断气前也没有留下什么重要的话。这场灾祸虽让人懊丧不已,可都怪老太太太爱自己去买菜,90岁仍然不妥协、不放权,谁说都不理会。最后死在了买菜的路上,鞠躬尽瘁。

她提的菜篮里,有老夏最爱吃的走油肉、芋头和笋子。他一直爱拿这个下酒。放在平日里,老夏会陪同母亲一起去菜场的,不巧的是那天早晨他便血外加腹痛,人没有一点力。起来只喝了点酒,就晕晕乎乎睡觉了。他还特地关照母亲只许去菜场一楼,不能上二楼。母亲很听话,没有上二楼,可没有用,她没有再回来。

知道噩耗的那一瞬间,是老夏这一年来精力最好的瞬间。他感觉到周身的血全涌到了脑子里,这种感受过了青春期就再没有过了。除了为佑琪就再没有过了。他冲到医院时甚至忘记了自己也是一个病人,大叫"姆妈姆妈"的时候,差一点就恢复了病前的元气。只是,不知什么时候又碰伤了手臂,两条血淋淋的胳膊弄得医生的白大褂上滴滴答答红洇洇一片,简直吓坏人了,不知道的人还以为是医闹纠纷。保安气势汹汹赶来时,医生一个劲对旁人解释说:"快救人啊,他没打我啊,不是我的血。"老夏也一个劲对旁人说:"我没事啊,别管我了,快救我姆妈。"

是这些日子,母亲总觉得老夏太瘦太瘦了,于是更加拼命要去买菜,最终才出的事。她不知道老夏已经不能乱吃东西了,但老夏什么也不忌,母亲做什么他就吃什么。姐姐们只能偷偷把她做的菜拿去丢掉,转来跟母亲说,是老夏偷吃了。母亲听到是老夏吃下去的就很高兴,可惜老夏一直没见胖,相反眼见着一天比一天瘦弱,他的睡觉时间也显得太长,要不是瘦得几乎快没有肉的屁股硌到了硬邦邦的床,他还能一直睡下去。皮肤的问题比大肠更瞒不了人,老夏就一直对母亲说,他这是皮肤过敏、皮肤病。没有人会死于皮肤病。但母亲终究不放心,虽然不知道怎么回事,心里可十分着急,一急就出了大事。反而什么也顾不上了。所谓撒手人寰,大概就是这个意思。

在母亲眼里,老夏在皮肤坏掉以前,一直是像孙道临一样帅气的男人。母亲死后,大概再没有人会觉得他是孙道临了。老夏和母亲感情最好,理应是因为他是家里唯一的儿子,来之不易。他来了,父亲就重病走了。家里只剩下他一个男人。他像在一个女生寝室里住了一辈子，四个女人挖心挖肺宝贝他，他却中了邪一样，不计一切代价去宝贝别人的女人。在漫长的、稀里糊涂的磨练里，老夏可谓最懂女人心了，知冷知热，知疼知心，还知分寸。女孩子都挺喜欢他，但她们又都表示，不能陪他一生一世。她们仿佛很需要他，却又不能彻骨爱他。唯一能做到这种爱的，大概只有母亲。母亲只吃老夏一个人的马屁、心疼他一个人的冷暖，母亲还说，如果不是老夏一直没结婚，她早就想死了。因为老夏不结婚，她只能拼命活到一百岁。她给他买菜做饭、帮他拿洗澡的衣服，心甘情愿。老夏就帮她洗脚、擦身，换家里电风扇的叶片，通下水道里的淤泥，两人说说笑笑，不幸福里有大幸福，不安稳里有大安稳。本来以为这样的日子会因为老夏的病而结束的，母亲却率先撒手人寰。好在，她一直到死都不知道，她其实没有和老夏离得太远。老夏后来对母亲的死不算太难过，恐怕也是因为这个原因。他知道自己很快就会见到母亲的，这样的话，两人的好日子就又能接续上了。

三个姐姐在母亲的大殓上哭得死去活来,老夏却没有哭。他一个人怔怔的,坐在告别厅门口发碗和毛巾,让大家签到。其实他心里也挺难过的,主要是没有力气再太难过了。他必须定定坐着,以保证不会瘫倒。他只有笑一笑的力气,哭一哭是哭不动了。丧礼上又不许人笑,于是他最拿手使用的武器没有了,这就看上去有一点尴尬,有一点木然,又有一点凄伤。

　　追悼会的事,老夏也通知了佑琪和樱桃。但佑琪说,最近她们家正忙着给樱桃置办婚礼。因为樱桃也不小了,又生了一场大病,工作也不安稳,总归还是嫁了安心。难得对方的父母都是小学老师,蛮好的。错过了以后就没有了,感情就是这样的。老夏于是说,没关系的,还是结婚要紧。老夏知道旧年里母亲伤过佑琪,骂得不好听。于是她冷冷淡淡、不乏客气礼貌的语气,也是可以理解的。她从来就没有真的懂过他的痛,就像他也不懂她为什么死也不肯离婚。就算樱桃的父亲帮过她回来这座城市。那也是多久以前的事了。这样的事,无论当年有多重要,现在的人都不记得了。现在的人什么都能不记得的。

不过仔细想来,其实她们母女真来了大殓只有更麻烦。老夏的三个姐姐都讨厌她们。正因为母亲和姐姐们数十年如一日地讨厌着佑琪和樱桃,老夏反而不好意思讨厌她们了。这些年来,他和她们常常见面。姐姐们却从来不见。母亲也不见。她们都知道对方的存在,也知道老夏这一生的原委,她们那里永远没有宽恕。于是终于死生不复见,大约也是好的。

仪式结束以后,樱桃来信说,晚上要来家里看他,给他送请帖。

老夏说,"小姑娘,我不好来你的婚礼了。因为举丧之家,总归不吉利的。你也不要来。"

"那我就来看看你。想你了呢。"樱桃又说。

老夏于是就感到很安慰。好像这么多年没有白疼她。他也不能为她的婚礼做什么事。他也没资格做什么事。樱桃那个连她生病住院都无法下楼探望的父亲,这回会不会下楼参加她的婚礼呢,他要不去,樱桃倒是蛮尴尬,明明有两个爸爸，却像没有爸爸一样。老夏稍微想了一想，又觉得自己不应该再期待什么了。这辈子快要走到头，应该要知足，毕竟有那么多人还是对他好、喜欢他的。毕竟佑琪还说，晚点会来看看他。见一面少一面。年轻时这么说是因为爱，如今倒是和爱没什么关系了，说的是实在话。元宵那天，鞭炮放得震天响，白天几个姐姐轮流来给他做饭、洗碗、吃药、擦身。晚上老夏一个人睡觉，抿了一小口酒，想到许多从前的事，很难过的。

佑琪跟他说"我要结婚了"以后，还特地嘱咐他："以后不要喝太多酒。"她好像并不知道，他就是因为她才开始喝酒。最后虽然没有拥有她，却和酒过了一辈子。年轻时的老夏给她写信，说喝过的酒像她能看到的黄河水那么多那么多。那一年，老夏十八岁。佑琪大他两岁，好容易插完队回来，却不肯跟他结婚了。他给她写了多少信，失眠过多少夜晚，盼星星盼月亮像盼到一个奇迹般的等她能回来，结果却变成那样，任谁都接受不了。佑琪刚回上海时，老夏还每天都去她厂里等她。透过窗户看她的头顶心。老夏原来以为佑琪不知道他看她,后来佑琪说,她知道的,所以故意把头发吹得高一点。老夏说:"高一点好看。"佑琪就笑笑。她不太笑,这一辈子都不太笑。于是笑起来就特别难得。像樱桃的眼泪一样难得。

佑琪不太会回信,但老夏知道,她变了这件事一定是很突然的。佑琪从前虽然一直这样冷冷淡淡,但什么事都是依着他的。她相信他,照顾他,甚至保护他,至少她也从来没有讨厌过他。关于这一点,老夏直到今天依然确信。他就是被这种迷人的确信耽搁了一辈子。再后来,他也不用再等了。佑琪怀上樱桃的时候,老夏问过她,到底是谁的孩子。佑琪说不知道,不想生,要打掉。是老夏硬要她生下来的,他不能再让佑琪失去一个孩子了。他说,我一辈子不结婚也会要孩子的。老夏没有食言。每一个字都做到了。他以为生下孩子,就是希望。他对孩子好,就是希望。他没想到樱桃那么乖巧,可爱,从不吝惜说想念他、喜欢他。她像是佑琪的补偿。直到后来老夏甚至有点忘记了,为什么会有樱桃,忘记了自己到底还想不想和佑琪永远在一起。

"永远"没有他曾经斗胆想过的那么长。很快就要到了,才知道爱她也不过三十年。

三十年真短。

4

佑琪和樱桃一起出现在家里的时候,老夏真真吓了一跳。他以为她们中的一个会先来,这大半辈子,她们总是这样,有先有后有默契,很少同时出现。一个人先来,就说另一个在家陪那个男人。这也提醒着老夏,这么多年的对峙,他始终不退出,那个人也始终没放手。老夏曾经希望她们同时在家出现,而不是佑琪隔三差五来陪他睡一觉,或者樱桃逢年过节来跟他撒撒娇。那种和风细雨的日子,有时是挺好的,有时又起腻、戳心。其实老夏更希望他们三人什么都不做,只要笑眯眯地坐在一起,就会比较像一家人了。能过个年也是好的,可惜从来没有过,他们从来没有在一起过年。只在那些不重要的、数不清的日子里，他们好像是一家人，又好像不是。有一度老夏真的以为，只要他一直等，时间久了，他们能成为一家人也说不定。但后来，这个愿望变得越来越不重要，老夏甚至很久都不曾想起来过。愿望依然是那么生生不息，却遥不可及，只是真的不重要了。所有的幻觉，在酒精的作用下都能显得格外幼稚。酒比人成熟。

老夏的母亲，就在墙上冷冷看着他们三人。这令老夏有些不知所措。他特地把母亲的遗像搬回自己家，把娘家的房子留给了三个姐姐。他只说了一句，"把我和爸爸妈妈葬在一起"。姐姐们听完就哭，他就笑了，笑她们总是这样不中用。可再不中用，到头来老夏还是要靠她们。她们是母亲留给他最大的遗产。毕竟，老夏在这里也住不久了。接母亲回家来，只是为了心里好受些，母亲是因他而走的，是他这一生里唯一对不起的女人。除此以外，就只有女人欠他。

老夏没想过母亲会眼睁睁看到他们三人团圆。她在天之灵也不知是喜是悲。她一定会哭成一个泪人，替老夏不值。老夏真想爬梯子上去把母亲的眼睛蒙上，可惜这病令他很难起身来，当一个灵活机动、可以调度生活的人。人一旦身不由己，就只能想开些。母亲这一生也是很辛苦的。她是为他好，她从没想过他的身体载不下普通人的福报。没有天伦之乐，开心每一天也是实惠的。

"这就是我的'过房'爸爸。"老夏听到樱桃对人这样说，还不及反应，樱桃就扑到他床前问，"爸爸，你上次不是说很快好了吗！你怎么还喝酒呀！你的衣服怎么红通通的。你要不要去医院啊？"

老夏心头一颤，愣得说不出话来。这是第一次、恐怕也是唯一的一次，他听到樱桃突然喊他"爸爸"。这太可怕了，远远没有旧年里悄悄想过的那样动人。相反这太可怕了，他想过无数次，没想到这一点也不甜。他觉得樱桃好陌生。是不是女人一旦结了婚就会显得比较陌生。

樱桃伏着的这张床，她的母亲佑琪睡过无数次，又匆匆走，冷冷的背影里，有老夏从来没看懂过的苦衷。老夏如今睡在这里，却像个废人一般，这真令他懊丧。他只能努力不去想她，活活地将这张床睡成了坚硬的病榻。床上的每个角落、每一寸都硌得他骨头生疼。他的睡衣上隐隐渗出血来，洗也洗不干净。姐姐们已经用真丝的布帮他擦身了。就怕弄痛他，弄伤他。唯有她们还是真疼他，为他掉眼泪。然而，他这辈子太爱姐姐们怕是一生的软肋。母亲、姐姐、佑琪，他熟悉她们每个人的气息，她们的笑，她们的精怪，她们的拿手菜，她们说什么他就信。她们都为他好，这多美好，若是身体好一点的话，他一定不会像现在这样感到迫人的孤单。

"爸爸。"另一个男声喊道。

那是谁呀，怎么会有男人的声音呢。老夏心里堵得透不过气来，想说是不是癌细胞已经转移到胸里了，是肝还是肺呢。最近也不是第一次发生这样的事，他瘦瘠，肚子却一天天变大。所以，气接不上来，好像也不能怪她们母女出现得太突然。

眼前的那个男孩子，老夏睁大眼睛，实在看不清楚面目。能不能把樱桃托付给他，老夏更是心中没谱。可年轻真好呀，想到自己年轻的时候，三十岁那年，已经不知道多少个夜晚辗转难眠了。现在的小孩子都不会这样了吧，也不会这样傻。岁月对下一代人总是更通融些。

"樱桃啊，夏叔叔对不起你，你看我这样子，也来不了你们的婚礼。你们，永结同心，白头到老，好哦？"老夏苦笑着说。

"谢谢爸爸。"两个孩子说。

佑琪站在床边看着他，一点一点地掉眼泪。老夏也看她，像他们年轻的时候一样。他最看不得她掉眼泪。每次佑琪一哭，老夏就心软了。他想，要是他早早就要死了，不知道佑琪会不会愿意陪他一段，全心全意那种。这样的话，一辈子也不会像现在这样尴尬。

"樱桃，是夏……是这个爸爸，当年一定要我生下你的。他享不到你的福了。但是你长大了，要做大人了，你要永远都记得，他是世界上对你最好的人，比妈妈对你还要好。"佑琪说。

"你不要这么说。"老夏说,"好端端的,怎么突然说这些。"

"你都不知道,你刚生出来的时候哮喘,痰卡在喉咙里,差一点就要死了。是夏……爸爸帮你吸出来的。你从小学上到中学,我忙得要死要赚钱,也是夏爸爸帮你去开的家长会,帮你去报名补习班。每次你生病、最需要人的时候,妈妈顾不到,夏爸爸都在你身边。最早给你零用钱的人、最早给你买手机的人、最早带你去旅游的都是他。就连最近你动手术,也是夏爸爸每天在照护你。他不应该照护你的。他自己的身体那么不好,人又那么不开心……"

"我开心的。"老夏打断她说,又看着樱桃,笑了,"夏叔叔愿意的。你长大,我很高兴。你以后也要开开心心的,好好过下去。但我大概看不到了。但你还有妈妈,还有爸爸。你一个人也没少。"

樱桃此时也嘤嘤哭了起来。但老夏觉得,她是因为母亲的话才哭的,并不是真的想哭。他太了解这个女儿了,即使不是亲生女儿,她一颦一笑,远远看不清楚,却也能嗅到一二。他知道她什么都懂,她特别好,让人羡慕、心疼。

"夏叔叔走了以后,这个屋子就送你。好吗?'过房过房',这样才真的是过房。"老夏浅浅一笑,"我已经写好遗嘱了。"

"老夏。"佑琪擦干了眼泪。走到窗前,也替他拭去汗水。

老夏又痛起来了,这种锥心的病痛无疑是要提醒他,他还在这个世界打拼和煎熬,像那么多年这样过来,携着泪水,渐成河道。

5

老夏的葬礼,佑琪和樱桃都没有出现。但樱桃的父亲来了,拄着拐杖,站得远远的。在场没有人认识他,或者认识也不方便介绍。晓芳于是跑过去问他,你是来送老夏的吗。他就笑笑,说是的,特地来的。晓芳说,谢谢你噢。

他说，没关系。

老夏的屋子是大姐名下的。按说他没法处置，但从分家、拆迁至今，过了二十多年，他一直住在姐姐的房子里，像一个没有成年的弟弟，受人照护。但他还是留了一封信给姐姐们，说"樱桃是我的女儿，樱桃无辜。如果你同意，我希望把房子赠给她。但是，要在她那个父亲百年以后。"

大姐看了那封信，也给妹妹们看了，她们都觉得莫名其妙，但还是纷纷落了眼泪。"戆大"，她们说弟弟，"神经病啊。"她们说，"谁认识他们啊。搞唻。"

于是，老夏终于和父亲、母亲睡在了一起，安安静静。他是家里最小、也是唯一的儿子，理当比家里的其他人更早一步团圆。千言万语，没有人再记得了。冷冷的佑琪，甜甜的樱桃，以及"那个男人"，他终于下楼了，是为了老夏，老夏人做得好。可人做得再好，也不会百分百周全。毕竟墓碑上，也是没有习惯说要写"过房"这一脉。

双双燕

但愿借点小地方

暂避大雨和风暴

等待雨过天晴朗

咱们又向他方跑……

1

清瑶早晨醒来的时候,阳光已经漫过脚边。音响中自动开启的广播节目若隐若现,持续了快一个小时。她隐隐约约听见又是一年来临,热闹非凡。网红文人的贺词中有斗大的错字贻笑大方,北门南鲲鲟代天府又替人民抽中下下签。全球黄金价格震荡上涨,全市蔬菜水果价格也小幅调整。这也难怪,今天以前,大雨已经很久没有停过了。

这一小片阳光因此而显得久违、珍贵,清瑶身边并没有别人,她一个人凝神看了一会儿这个只剩下她一个人的卧室,那么明亮,不计前嫌,有些怅然。每天只有这段时光,她特别想终止这种生活。但只有短短一念,十分不成气候。她只觉得闷,起身随手点了香。

这些年,他们两人好像在演一出老戏,这出戏的名字有时叫作《风怀二百韵》,有时又叫作《盛世恋》。总之不怎么得法,又充满了感伤,他们都失去了最初相爱时攒在心的一点勇气。"勇气"这件事太久违了,简直是幻觉,令人想念,计较也是。他们好像都变了,变得平静异常。

变化的端倪,也并非真的无迹可寻,一点一滴的,他们越来越不在意自己在对方心中的形象。他们还原成最本真、最固执的那个自己,也将对方还原成一种知己知彼,却可以被接受的失望。日复一日、搭伙生活,十分友好,长辈们所说的"相濡以沫"一定就是这样的。硬要追究起来,仿佛什么都可以追究到鸡飞蛋打。但若不去追究呢,则也能当作什么事都没发生,当一天爱人撞一天钟。听说,很多男女都是这么过生活的。更多的人连这样的平静都没有福分拥有。如果人生只剩下十年,倒也不失为一种"撑下去"的动力。可无病无灾,这一分一秒的度过就近似折磨。

正月初十,伯恩又出去买花了。清瑶心想,她曾经是多么努力忘记这个日子,如今居然习以为常。她有时会想,也许她第一次将之"习以为常"的时候,就是她不再爱他的一种昭示。只是,这么重要的日子,她居然还是忘记了具体是哪一天,真是遗憾。心如死灰的外观,居然和无怨无悔也能有点类似,婚姻的化学反应总是很奇妙的。

清瑶昨晚还特地提醒伯恩要早点睡,以备第二天要早起。伯恩听后心情愉悦地说,"你怎么脾气变好了那么多"。她哭笑不得。其实再往前一步,她已经可以说出,"因为爱你的人太多了呀"这样的俏皮话。她有时不去说,只是因为她并不想迎接随之会来的、多此一举的深吻。她同一个死去的女人计较什么呢?

正月初十过后,就是开春三月十八,伯恩会去找他另一位前女友叙旧。那一位不比正月初十的这位,是嫌贫爱富嫁去豪宅的。她在结婚前一周哭哭啼啼跟伯恩说,我们再出去玩一下吧。伯恩于是提议去某某城际山庄,她说"喔那家我去过",令伯恩耿耿于怀至今。作为纪念,他隆重地送了这位小姐一个书号,可惜卖得并不好。郁结至此,他还是坚持要去和她叙旧,年复一年,吃牛排或者喝咖啡。他似乎是要观赏自己的挫败,又或只是看一眼在更好的包装下,爱过的人会有多美。这个伤感的故事,伯恩是在那家山庄里跟清瑶说起的。清瑶第一次听到的时候,几乎心如刀绞。在这心如刀绞中,又充满了种种理性的疑惑。这些疑惑,可惜现在的她已经一个都想不起来了。

再来,就是九月七日,伯恩最年轻的前女友,是他当年做兼职夜校语文老师时候的学生,这在如今看来不是什么大事,在当时其实也没有引起注意。有一款女学生,终身志业就是走一条"师母之路"……伯恩对此感到内疚,觉得是不平等的身份断送了爱情。他如今不做老师,也于事无补。人家不爱他了，人家只是有点"孝顺"。清瑶心里这么想想，觉得很解气。但解气过后，她还是在想，他怎么还不回来呢。扫墓又不是唱KTV，一定要唱满钟点才不算吃亏。

有些沮丧。清瑶费力地爬起身，洗漱，忍耐着饥肠辘辘，将卧室的枕套、被套拆下，连同沙发上、浴室里的种种布匹，一股脑丢进阳台里的洗衣机，再次除旧迎新，每周都要彻底的除旧迎新。"下次给你找个煤球来洗。"她想起伯恩常常在别人面前这么嘲讽她。阳台的地砖上嵌满了她的头发、灰尘，以及不知从哪里漂进来的枯叶，普洱茶饼遗落的琐屑，这些复杂的"垃圾"，她每天都要踮脚才能走过，每天都感到嫌弃。实际上，清瑶实在需要一台能够使她走到阳台的无线吸尘器，一台令她不必弯腰的拖地机，或者……与伯恩分手。这些事她提过很多次，但伯恩都不同意。伯恩说，他会处理好的。而后一年又一年。他总是这样，让一切重要的问题闲置一边，这实在不失为一种解决难题的方法。拖啊拖啊，好像问题就会没有了。

他没有错，许多问题的确被这样拖没了，但感情也是。即使伯恩是发自内心不相信这个世代小家电的迅速发展，已经远远超过了他的年纪所曾认识过的世界。伯恩身上的一切，就像一台开机需要十分钟的台式机DOS系统，一张崭新却没舍得用过的跳舞毯，一盘未拆封的卡式磁带，一张令人肃然起敬却束手无策的EVCD光碟片……他以为清瑶向往的一切都是浪费的、梦幻的、不经济持家的、故意与他作对的。他觉得她心理有病，那种病是小家电解决不了。但他从不追问这些病的来由，他知道这和他脱不了干系。

总而言之，如今清瑶生活里稀少的乐趣，就只剩下为洗衣液胶囊挑选最合适的颜色或者气味，譬如洋甘菊、薰衣草、郁金香、佛手柑……用到不顺心的洗衣球，她还可以做主早点丢掉。那是低于分手、拖地机、吸尘器的决定权，却在稀少的瞬间，也会令人心情舒畅、忘记烦恼的。

"洗衣服最好用还是水晶肥皂。"清瑶听过伯恩对别人讲，她很讨厌他说这样话时候的表情，她早就把伯恩买的六块装水晶肥皂藏在闲置的花盆里面,她打赌伯恩一辈子也别想找到。六块装的水晶肥皂,现代人大概可以用上半生,当今肥皂减肥可是比人减肥还要难上一点。但这些话她不敢跟伯恩说,也不屑跟伯恩说。她觉得,就连便利店店员都比伯恩更了解她的喜好,了解她的情趣。

"你今天不吃焦糖肉桂卷吗?"譬如店员会微笑着问她。

"我胖了点。"清瑶轻声回答。

"怎么会,还是很可爱。"如果年轻十岁,清瑶会觉得店员一定喜欢她。就像她曾经以为伯恩喜欢她一样。

2

清瑶"离家出走"这些年,外部世界的各种景气正"有感"地变差。便利店的平价咖啡优惠眼睁睁从买一送一,到第二杯半价,到第二杯七折,到只有美式咖啡第二杯七折;电影院的打折票也从出示会员卡到出示身份证……总之万事萧条都起源于日常便利的减分,"小确幸"被生计煎熬着杀戮,人的心地就变得暗淡起来。这种世道的降落很古典,轻缓而体贴,并不粗暴地露出生计的锋芒,故而带着轻飘飘麻醉的意味,体谅却总不是好的兆头,而更像是一种惩罚的缓期执行。天气冷的时候,机车车轮经过地面的声音会令清瑶想到生活中种种狼狈的摩擦。但显然,最激烈的冲突,清瑶努力使自己忘记。

临近三十岁才要开始学习生计,到底是早是晚,其实也没个定论,人各有命吧。有次清瑶问伯恩觉得她喜欢他什么,伯恩随口说:"有吃有喝嘛。"她知道他在开玩笑,因为他说完以后很快就睡着了,但清瑶仍然感到刺耳。她可以不在乎这种评价,换得日复一日平稳地度过。但正常女人,听到这样的话,心总是会痛的。

二十三岁那年,清瑶经过了一些重大打击,而后,与其说她爱上了伯恩,不如说在那个时间,他们刚好遇到,伯恩暂时包容了她不愿意成长的任性。他也许也不是真的"包容",而只是没将她内心的山峦沟壑与弯曲褶皱放在心上。他的天地早不是被清瑶一个人所占据，也不会被任何人占据，他就喜欢自己被真真假假的感情包围的幻觉，这令他能一点一点地爱上自己，并顺便赚一点钱。总之一旦走入男人的天地，女人最好不要再极目远望。望得越远，自己就越渺小。

伯恩说"有吃有喝"这件事也不算切实，清瑶出来之前给他的账户汇了一笔家里的钱，虽然几年过去，早成一笔糊涂账。有时清瑶会想起外婆从前爱说的，一分钱掰成几瓣用的生活哲学，但仔细想来，又不记得细节，用不上。清瑶想到自己如今捉襟见肘的处境，超市都不敢多去几次。她想起鲁迅在小说里写，雪花"夹着烟霭和忙碌的气色，将鲁镇乱成一团糟"，仿佛是心里的原乡、心里的凛冬。但生活哲学毕竟不是生活美学，而仅仅是一种"说服"学，它掩盖着日子快要过不下去了，又或者，"没话说"、"说不清"越来越变成一句极有用的话，可以治心病，缓解日常中惘惘的不安。

伯恩放在抽屉里的钱越来越少，清瑶有时需要到零钱罐子里去挖出一点来对付一下她一个人的早午餐。伯恩去年趁着电影市场好卖了一个剧本，于是两人表面上依然经济地维持着原有的生活水准。该喝咖啡喝咖啡，该看电影看电影，这也不是什么大花费。只是在清瑶说想要回趟家的时候，她对着眼前这个人会居然开不了口。他方才在披萨店发了大脾气，又或者申请的文化补助被拒，信用卡逾期未支付打电话给银行交流不畅……每天都有很多理由令她开不了口来主动打破生活的惯性。

上周母亲对清瑶说，父亲的保外就医依然没有被批准，但他的健康状况十分不佳。母亲又说，爷爷去年还回老家扫墓，一个人静静地看着墓园，今年自己就躺进去了……母亲还说，过年好好照顾自己，就不要来回奔波了。"问伯恩新年好。"母亲最后在短信里说。但清瑶没有转达。她几次从家里拨出"006+86"都在最后的通话音时卡断了。她害怕听见母亲的声音。留下来和返回去对她而言都一样艰难。她有些后悔没有早些坚强起来，挺过那些糟糕的事情，如今再要硬撑，越来越显得力不从心。

譬如最近清晨醒转，清瑶总是想起家里光景好的时候，神采奕奕的父亲带着新礼物回家送她。外面流行什么，她就能得到什么。手机、MP3、PSP……而后她把许多尚可以用的东西都过早地淘汰了，不是嫌弃颜色不好，就是容量太小，或者……仅仅是因为心情不好。可父亲出事后，一切都停止了。雪花夹着烟霭和忙碌的气色，稀释了动荡本身的匆忙。清瑶的人生并不算因此停滞，只是有些东西永远凝固了。这种凝固，她又花了好几年才知道，谁都解不了套。

有时清瑶也想给自己找一份工作，但她能做什么呢？她全部的智慧，都用于替眼下的日子认认真真地"丧气"。她始终没有从几年前的那场风波中爬出来，她有时不相信自己已经成年很久，不相信自己应该像那些无聊的女孩子一样打扮得风姿绰约到办公楼里盖章、填表、假笑、做PPT。她也想过要回老家，离开伯恩，像一个普通人一样重新开始，找个年纪相仿的人结婚生子。她如今的生活闷到窒息，青春却快要散场了。

在这个无比重要的日子里,伯恩大清早就出门,下午还像模像样要赶回家陪清瑶看电影,风尘仆仆。但无论他承诺什么,清瑶都深深地知道,眼前这个人早起一定先去了花市,选了最熟悉的那一家花店,最实惠的那一捧纪念鲜花,要送给自己年轻时的恋人。老板有时候会送他一支别的什么,挂在车上。而后他会绕去离家更远一些的加油站积分加油,换一包纸巾,再从容上路。俗话说,"无利不起早",但这些年,清瑶完全没看出这件事中的"利"之所在,她还是太年轻了,以为一切都是感情问题,而不是仪式。不知道"仪式"这件事距离虐待会那么近。清瑶有时觉得自己并不只是和伯恩在一起生活,还要连同那些按照农历日历排序的女孩子们,以及久未见面的负疚的父母。这种相处是跨越时空的,唯有她的内心能容纳了他们同时存在于一个梦魇。也恰恰是这件事,令清瑶对自己感到厌恶。

下午的电影院熙熙攘攘,这也难怪,今天以前,大雨已经很久没有停过了。天气太好的缘故,出来玩的人大都在户外活动。草坪、气球、风声、机车声将一座热闹的城市布置得其乐融融,因为太过和谐反而令人心生疑窦。伯恩和清瑶一起看了一部作家传记,伯恩太累了,很快就在一边睡着了,轻轻打鼾,并不算惹人讨厌。清瑶知道醒来他一定会说:"还挺好看的呢,我们晚上要吃什么呢?"

"我们晚上要吃什么呢?"就连这样的问话都令清瑶不堪折磨。语气如此磅礴,选择却十分稀少。有性价比的那一些总是人满为患,脾气不好的伴侣常常和服务员发生争吵,贵的不考虑,再便宜的例如刀削面或者大馄饨……才是最终的归宿。她连多要一份泡菜,都会被轻蔑成癌症高发人群。电影中的那位女作家站在海边,对死去的丈夫说,我比你小那么多,但现在,我是你的姐姐了……清瑶有些动容。这大概就是一生一世了,一生一世这种程式化的折磨里充满了疲倦的鼾声、咸涩的海浪声,与白日墓园中看不见的陌生女人的气味。

3

"我想回家。"黑暗中清瑶推开伯恩求爱的手,轻轻地说。

"好吧。"很快她就听到了一个简单的回答。

两分钟后,清瑶又听见了他人的咸湿旧梦,勾连着沉睡与醒悟散出的魔幻之音。

……一个儿画堂鼓乐多热闹,

一个儿病榻呻吟未忍观。

一个儿参天拜祖成眷属,

一个儿玉陨香消一命捐……

她不知道自己算是哪一个。

再见到伯恩时,算纸上重逢,清瑶居然有了一个属于自己的书号,像一个礼物。伯恩凭借一本长篇小说,终于获得了一个不大不小的文学奖，他人到中年，算有晚运，真是可喜可贺。即使回到了故乡，清瑶还是注意到了远方辗转传来的这件小事。伯恩的故事写得委婉、摇摆、暧昧，但只有清瑶能看到这背后的机巧，遮掩着他悉心呵护自己、激赏自己的意图。他笔下的暧昧只因他根本不了解清瑶的内心，他沉浸在自己混乱不堪的过往感情中难以自拔。

小说写了一个内心十分痛苦的中年男作家，不断地出轨或者意念出轨，保护着年轻的妻子。他的妻子神秘莫测，父亲因贪污入狱数年，但年轻的她对这段经历三缄其口，就连电话也不往家里打。男作家迷恋着她的三缄其口，以为这中间有天大的政治阴谋，这能令他通体兴奋。而她委身于他，也在看似寻常的婚姻生活中不断搜集他的日常、情史、他的思想……她并不是一个共产主义者，而更像一个巫师。她会将肥皂埋在花盆里，在丈夫不在的时候，在家里点两种不同味道的香……她热爱与服务行业的男士调情，对食物毫无品味，对性也毫无热忱……但中规中矩，她任劳任怨扮演了看似平常的妻子，直至仿佛任务完成一般,她毫无缘由地离他而去。令男作家感到印象深刻的记忆在于,她曾主动要求陪他去初恋情人的墓地祭扫。在六年前他们一起尴尬地同去过一次之后的每一年,他知道她都先他一天去到墓地。因为她用的香极其特别,他认得。

  妻子离开以后,他也没再去给那一位旧情人送过花。

哀眠

1

我的好朋友鲁西，自从和她现在的先生李智在一起之后，就彻底从网络上消失了。然这四年中，我们中的大多数人，都已经不再玩人人网、开心网等等幼稚的校园社交媒体，不再浏览全国各地的校花照片和她们不为人知的奇情艳遇。饭否没落之后，新浪微博迅速崛起，这种感觉好像颇有心计的歌手抢了别人的歌曲登上春晚先声夺人，总是善阴谋者得天下。手机微信替代了从对话框群发免费简讯、通知全班同学什么时候开班会的飞信，MSN 协同那些年我们一起暧昧过的对象退出历史舞台，没有备份，就是没有发生，像我们小时候崇拜的壮士余纯顺最终命丧罗布泊，他说了一句当时我听不太懂的话，"天空没有痕迹，鸟儿却已飞过……"唯一的净土是海外游学的那一些人，张开双臂在国内人上不去的 Facebook 上大秀自由民主的外观，他们极少诉苦，都活得像招生广告里的人一样满口大白牙。我不知道鲁西怎么看待这四年来通讯世界的变化，我是挺伤感，但耽溺于原地惆怅。而她则义无反顾去结婚了。我敬佩她不顾一切冲刺婚姻界的实力和勇气，毕竟术业有专攻、隔行如隔山。

李智的出现颇有一点空降的意思，后来我想想，那大概就是所谓命运。大学时候我们很久都没有想起过这个人了。他在临毕业时不期而至，带着鲁西中学时写给他的贺年片，说"我怕我下一次回来，你已经嫁人了"，款款哀切摄人心魄。鲁西自然天旋地转，连我都有一种快要失去女儿的心酸与欣慰。古代小说里这种从天而降的深情公子大多是不详的预兆，但爱情的美妙就在于它的风险制造蜜糖。我和鲁西高三时，香港方才开始向内地招生，吸引了一众状元弃北大、清华的头衔于不顾,踌躇满志奔赴资本主义社会的核心圈,每天喝着校内打折的星巴克咖啡看恒生指数,而我们则还在成群结队拿着锯齿边缘的优惠券吃肯德基三块五毛钱的鸡汁土豆泥。李智是这些内地生中不那么优秀的一位,却到底赶上了那班神秘的车,为自己今后的人生镀上第一层金。我们上海人,大抵是不把欧美东洋以外的地方放在眼里的,若能考上上海的一线院校,那么去不去香港,足以开一次家庭会议讨论前程细则。更何况,李智去念的那一所,在香港的大学中只排中游。那时虽然大家都知道香港比内地好,但要赢过上海人的心,到底是不大容易。很多年后我听凤凰卫视一位领导到我们学校宣讲,说起他有个朋友的女儿考上我们大学和港大,开家庭会议讨论何去何从,他大吼:"想也不要想,去香港!"痛心的气势吓死人了。但显而易见,上海人就是很犹豫的,怕吃亏。

当然那会儿香港人还没有那么讨厌内地生,边境也没有每天几万个父母双非的学童在罗湖通勤两个小时去上学,没有限奶令，没有黄毓民掷地有声的呛声炮轰中国红十字会来要钱不是血浓于水是血浓于拉斐。李智在那时到香港念书，颇有一点先锋的意味，像一个安安静静"吃螃蟹的人"，是读过书的"阿灿"，乖巧且带着仙气。而躲在避风港上海滩里的我们，却又都不算特别了解他，还以为他承袭了玻璃之城的浪漫姿仪、腼腆温儒，赚大钱、吃大餐、笑傲江湖。凭着闺蜜们只添乱不负责的劲头，许多姐妹在听说李智珍藏鲁西少女时期的信笺之后都一股脑地劝说鲁西和李智在一起，说什么真爱可遇不可求、千年等一回。当时我是反对的，但我也没有什么资格反对。我也不懂什么叫结婚。

鲁西是我的老同桌了，我们手拉手绕操场走过的路，恐怕现在她和李智都没有走完。中学时我就一直不明白鲁西到底喜不喜欢李智，她总在考试前大骂他，放假前又问我要不要联系他。鲁西听粤语歌、崇拜TWINS和张国荣，但说到香港，又总归显得暧昧踟蹰。这种心理上的反复无常、七上八下，我年纪渐长后才逐渐领悟，那就是女人的爱。爱就是说不出,就是摆不平,就是要你猜,又怕被你猜透。我很喜欢鲁西,像喜欢自己的亲人,哪怕她有缺点,任性、虚伪、反复、自恋……大学时候我替她打水、刷晨跑卡、帮她买礼物送给男人、帮她圆谎、帮她偷电、帮她擦地板。她和李智去香港、澳门、海南、丽江……全说是和我住在一起,她结婚那天,鲁西妈妈穿着新做的旗袍对宾客说:"这是我女儿的闺蜜幻雅,她和我女儿一样很喜欢旅游的,两个人去过很多地方呢。呵呵呵呵呵呵。"

鲁西妈妈的笑声传来不久,我就听到屋外有老男人的声音在哭。那是李智的爸爸,吃醉酒抓着自家亲眷的手说,"我儿子不争气,我儿子结婚太早,我们花了那么多钱,他竟然还是把婚结在大陆,呜呜呜呜呜。"我不知道鲁西的家人有没有听到那位老先生发自肺腑的哀切,那一刹那我有一些不祥的预感。我觉得人是不应该结婚的。

那个婚宴,我是最后一个走。

最后一个离开他们在建国饭店酒宴配送的一日婚房,那张奶油蛋糕色的婚床上铺着成色不那么新鲜的玫瑰花瓣。

鲁西明显有点醉意，抹胸小礼服一点一点向下沉降，满脸像涂了卸妆油似的云云溶溶。她笑着对我说："阿雅你走吧。谢谢你来。"李智则递给我一个红包，我婉谢，他硬要给我，说："没事的，那么晚了，你可以打车。"

待我真的打到车，在后座意兴阑珊地打开那张喜庆的大红信封时，发现里面只有十块钱。

2

那时我正在替一间民营出版公司翻译一本如天鹅绒般轻盈的女性小说，换取微薄的稿酬聊以度日。我不喜欢上班，像不喜欢李智一样，直觉那是一种难以言喻的毁灭。但鲁西新婚当日，我还保有天真地对自己发了会脾气，难以发挥成年人的情商对于精神生活的管控，我记得自己烦躁得很，连字典都懒得翻，查 google 翻译又总觉得不可靠。我真想冲到那间房里对李智说，鲁西也喜欢过别人的，你们没有看起来的那么好，没有司仪说的那么青梅竹马！

也想对鲁西说,你妈妈在笑的时候你公公在哭,他是个很惹气的娘娘腔。你老公给了我十块钱叫我打车,他兄弟顺走了二十桌你家供的囍烟。但这些乱七八糟的事,也不知道是出现在梦里的思辨,还是我真的挖心挖肺真的这样讲过。我很快就失去意识,圆然入梦。

直至凌晨三点,我忽然接到鲁西简讯,萤蓝的光射在我脸上,她问我:"出血怎么办?"我睡眼惺忪回她:"你没有卫生棉吗?"她又问:"现在还有便利店开着吗?"我答:"你不会洗一下吗?"她说:"进不去怎么办呢?"我答:"用力咯……"

而当我早晨恢复意识想起来这番对话时不禁毛骨悚然。为了证明自己不是见到鬼,还特为翻找了手机简讯记录。然而的确如此,我的确是在深夜和那两个极品发生过这场糟糕的婚内对话,那甚至让我觉得,李智是一个不折不扣的幽灵。这种古怪的询问带有惘惘的厄念,像是在试探我,或者邀请我,我也无法反驳那些年他们打着我的名义在全国盖棉被纯聊天是一个怎样的谜语。我没有证据证明李智是个坏人，但这前前后后的纷扰至少让我觉得，鲁西完蛋了。

我也完蛋了。

新婚过后紧接着就是一场别开生面的答谢会。李智邀请了我们中学同学在一间海鲜餐厅吃饭，却没有吃到海鲜，不过是一些平常的小菜。他穿着一件圆领的T恤，外加一条沙滩裤，脚蹬一双夹脚拖。鲁西则穿着一袭婚礼上没来得及穿的金色礼服，高跟鞋，头上还箍着一个银色的后冠似的东西。鲁西甜蜜的说："我叫他穿西装的，他不肯。"我看着鲁西那个盛大的样子，忽然觉得她好惨。我记得有一年学校开毕业舞会，她也是这样小小的个子、罩着一件精美的袍子，设计了发型，甚至纤脸，光彩照人。我则是一贯灰头土脸，从来不将毕业当做什么事。考大学时我将鲁西的志愿复制一份，她念外文学院的新闻，我没考上新闻，就念英文，她的第二志愿。升学于是就像是换一间教室上课，我和鲁西，只不过是要分班。

李智从学校毕业前回来找鲁西，外国电影一般传奇，鲁西则像真的等他多年般满脸憧憬，这令我忽然觉得，我们之间的友情是多么不可靠。我太不了解鲁西了，而我在李智面前，更是不战而败。李智转而在香港继续读硕士班，两地相思，有一段日子，鲁西骤然变瘦。我请她吃饭，她远远从餐厅门口走来，左顾右盼。朝她方向走过去一位年轻男士，就顺利将她的小身影彻底盖住了。她问他路，我却觉得只有男人，而看不到她了。我和她之间，永远隔着一个将她彻头彻尾遮住的男人。

许多这样的细节我都懒得去想，但人生在世，伤心总是难免的。

鲁西在婚后一周突然哭哭啼啼打电话给我，我正在出租屋里过滤网店买来的咖啡。这次电话不是午夜惊魂，而是在真切的大白天里，她约我见面。

问我借钱。

她委屈地说，婚礼的钱是她娘家所出，说好蜜月归李智负责，他却恬不知耻为她订了一间连锁酒店的标间，一个晚上才一百四十块钱。

"他到底爱不爱你啊?"我心里想。

"他到底爱不爱我啊!"鲁西哭诉。她泪眼汪汪的样子特别像是某种卖萌的小动物,会将你的心融化成饺子馅。当时我很想问她那个深夜简讯的事,但后来还是忍住了。在鲁西的婚姻生活中,我是外人,我连观光客都不想当。

"如果连蜜月的钱都要我爸爸出的话,我会自杀的。我太对不起父母了。我真是瞎了眼。"鲁西继续说一些重话,以扩大事情的严重性。

我答应了她,并把出版社给我的预付金交给她。那也没多少钱,无非是让他们七个晚上不必住在一个背包客住的地方。鲁西破涕为笑,像个孩子。而我就像是她的另一个妈妈、爸爸,或者是某种亲人的角色,还是比较衰的那一种命。然而,那个糟糕的晚上过后,我决定换一种方式生活。我也不想自己会完蛋。

"我只跟家里人说我们去七天,但是我们打算去十四天。那之后我要跟李智去香港买东西,我就说后来你去了香港,我们临时决定来找你玩哦。这样我就可以不要那么早回到李智爸妈家住了。"

"好。"我说。

"你写张借条给我吧。"我在心里补充道。

但我只是默默撤下了一个微单相机的订单。

3

香港到底有什么光环呢。其实我一直都搞不懂。是年我在湾仔小住,我的另一位女友每月花费一万三千港纸只租得到一间床三面靠墙的小公寓。我向窗外眺望鳞次栉比的高楼像一根一根香似的祈愿天公作美,庇佑苍生。但在那个地方,有的人显然一出生就知道自己无论怎么努力打工挣钱都不可能住去半山的千尺豪宅——这个豪宅恐怕还不如幸福家庭出身的鲁西童年时所住的一半大。烧香也没有办法解决。

那一刻,我有点想穿梭时空隧道回到那个糟糕的婚礼现场,告诉李智爸爸,李智不当港漂不是鲁西的错。大部分正常人都不愿意住在香港那么小的地方，还要被人看不起。

鲁西婚后就不太上网，也不太接电话。我只打通过一次，她说她在买菜，回去还要帮公婆做饭。又说最近在找新工作，李智父亲不喜欢她加班，天天要等她吃饭、等她洗碗。如果她晚归，他们就不吃。他们不吃，在证券公司工作的李智就会生气摔东西。

挂了电话以后，其实我也不知该说什么，我也不知有没有资格说什么。

于是，在众目睽睽之下，我以一个业余翻译、兼职写手的身份，不断在他人的爱情地图上旅行、消费、观光，在别人口中，日子过得也还算不错。我可以决定我做什么工作，或者不工作。也没有人会因为我晚归而绝食。也可能是我长得不那么好看，也不懂交际。我复制鲁西的志愿表，冥冥中也改变了人生。我学外语唯一的用处，就是不去使用它，只去学习它。有一次我陪同国外的版权代理人去剧院看戏，坐在后排的两位上海阿姨毫不避讳地说：

"咦？现在那么难看的小姑娘都能找到外国人啊，这些外国人心肠倒是蛮好的。"

"你晓得哦，为什么难看的小姑娘能找到外国人。因为，难看的人，从小没有人宠，所以比较会学习和人沟通。好看的人大家都去跟她沟通，她就不大懂沟通。"

"对对对，有道理的哦。"

我羡慕欧巴桑们的年纪，希望自己一觉醒来就有了那种可以指点江山的魄力，从而不再避忌。我要比当年那个被咨询怎么做爱的女生要成熟一点、坚强一点，如果我不是那么"难看、懂沟通"，那李智和鲁西对我就不是羞辱，不是试探，而是真心实意地当我做 Google 百科。

这些年来我每天相处最多的是机器，每换一台笔电，就差不多更新一种聊天工具。聊天工具有时像人一样，都有令人眷恋的好，又有致命的缺陷。有些聊天工具，可以看到对方在什么时间"已读"，但她就是不回复，就让人不舒服。盛产牵挂的功能机器都让人难过，像甩不掉的前男友,就像QQ空间中的"最近访客"一样,充满了情感疑云。但鲁西结婚以后,自此从网络世界消失,我不知道为什么,或者忠心耿耿于婚姻的人真的不需要上网,不需要更新自己的空间,不需要打卡吃了什么东西。如果没有孩子的照片,也不需要刷屏他们有多可爱。

告别MSN和LIVE SPACE以后,我从青春期以来全部的情感记录都变成悬浮在空气中的魂灵。我也开始有了自己的,各种各样的"李智",她们有的像鲁西,有的也不像。人与人的缘分总是长长短短,像削铅笔。越是适切,消耗越是大。但在鲁西结婚的那四年中,上海经历了政权交接、通货膨胀、金融危机、房价飙涨,越来越呈现出各式各样前夫的脸。这样的社会,让太多美女们哭泣,对我反倒是像一种额外的福利,令我可以安安心心做自己的事。令我可以安安心心喜欢各种各样的人,却不必要奉献自己进入"大团圆"的牢狱。

我最近一次见到鲁西时,是在李智母亲的葬礼上。我见她两次,一次穿着旗袍,一次穿着寿衣,都是人生大场景。鲁西作为家中媳妇，形容枯槁，看起来比李智还要哀切。

她瘦到好多人经过她时，都被完整挡住，然而我忽然觉得，这也没有什么好心疼。

我问她最近好不好，她向我使了一个眼色，轻轻说："还好，我就是好想睡觉啊！他们做七，都不让我睡觉。"

真惨。

我心想。李智则是真的悲伤，好几次冲到玻璃棺材前大呼小叫，又被殡仪馆的工作人员拽开："你有毛病啊，眼泪不要掉进去。我们很难弄的。"他于是又平静些，像个受罪的孩子。只是，多年前那种神秘的光环不见了，他还是那个我心目中中学里的少年，普通得不能再普通。一点也不像是在香港待了七年，快要领到永居证、脱胎换骨的那种人。有的人出去了，回来，变成另一个人。有的人出不出去，回不回来，都是一种人。但我知道，那张身份证，对鲁西来说，还是重要的。她爱他的一切。他的呆、吝啬、懦弱、惆怅。

所有男人的好,都被我放在显微镜下用力地看,以至于什么都没看到。

我交了一个白包给李智,劝他节哀。那一刹那,我好想对他说:"不用客气,你们可以用去打车。"四目相看时,我甚至有一点点紧张,我想我真的不是他的对手,而他也挺可怜的。如果他愿意将他们蜜月的钱还给我,我会希望他们真的白头到老,胼手胝足。

那个晚上,我睡得特别安宁。我想到我和鲁西许多小时候的画面,我替她做的事,她对我的笑。这样有节奏却无声的影像,简直是一曲漫长的挽歌。

那是属于我一个人的道场,没有人死去,而我圆然哀眠。

故人

有一年夏天我忽然接到一个电话，一个中年人告诉我他是我朋友的父亲，要约我见面。那些日子我已经很少见朋友，听手机里的人说话都觉得过于大声。我蛰居老家儿日而已，并没有充裕的时间展开社交。但因为，我的那位朋友已经过世五年，一切才因此而显得有些不同，过于郑重，甚至不容许日常生活中适度的任性与推诿。

我们约见面的报馆大楼，我很熟悉，我曾经在那儿工作三年。本以为会更长久些。也是在相似的溽热季节里，我曾经走过一场婚姻，也以为会更长久些的，而后我继续在此上班、下班。同一年报社倒闭，我签完最后一个版离开报馆，连傍晚照集体照都没赶上。自始至终，我都没有成为一个有正式报社编制的编辑。我的人生翻来覆去地自证着竹篮打水,套用时髦的形容就是"那一年冬天好像比往年都冷一些"。但对我来说,那时的挫败并不算太可怕,不知不觉中也就流水而过。因为无论有多掉漆,我都有重新开始的年轻做依傍。更因为隔着时间的关系,旧年风雪反而如胶片般显露出温柔的一面。

但这一切那个中年人并不知情。

他还特地站在报馆所在的巷子口等我,以为我不认路。

虽然我很久没来这里了。上一次来,整栋楼还没有建立起无线网络,不会在我焦虑联机时提醒输入工号密码。听说有一种微末的悲哀像去前任家发现不再能自动连上网,这也无妨,我记得那些年里在本栋27楼的一间小办公室,我每天开机就要花费1小时又33分钟。所谓上网,也不过是驻足在首页的"上海热线",但凡点开任何一个大胸微笑女子的脸,它将再度重新展开那1小时又33分钟的循环。

然而如今,一楼长廊里那些光荣墙上的辉煌奖牌、领导合影,居然都已经拆掉了,只留下了一个个洞洞眼。在我心里,我还清晰记得他们的顺序、位置,他们光彩的余威,他们的音容笑貌。我曾在一个月内密集的深夜里,为他们每一个人写过小传,这些生平被翻译成英文高价印刷,收录于报业才俊的年鉴。因而如今,当他们所有人的命运,终于变成一个一个洞洞眼时,我心里的乌云还是难免更为沉郁了一些,就仿佛我真的有什么情感上的关碍,好像我该为此感伤。

"这里是老报社了,以前很热闹的。现在大部分都租给其他单位了,只剩下我们几个部门还在运作,我常说这就类似于老干部处。你这个年纪知道我们国家很多单位还有的老干部处吗?你爸爸妈妈大概是知道的。跳跳舞,唱唱歌。"

我没有说话。见他捋了捋头发,用手臂给我指引方向。明明是很灰暗的路,他却大步流星走得特别有气势。我紧跟其后,努力在脑海中回忆我朋友年轻时的样貌,和他的样貌之间的关系。像又不像。

其实就连朋友的脸,我也有些想不起来了。

在这间充满烟味的会议室里,也许上演过许多传奇。

在我童年里盛名之下的报纸，不知为何会有如此萧条的一天。他打亮了所有的灯，开了冷气，还从脚边一箱子塑料膜里掰出一瓶矿泉水给我。我说"谢谢我有"，于是从包里拿出另一瓶水，又忽然觉得有些不得体，这么多年我一点没学会怎么与人相处不尴尬，我越发觉得这世界上的人大体分为两类，一类是怕尴尬的人，一类是不怕尴尬的人。带水，也是我走进这栋报馆工作后才累积来的习惯，那会儿我从校对做起，每周负责看48个版，三遍清样，忙时根本没有时间倒水吃饭，因而包里总有一小瓶没有灌满的矿泉水，和一只很容易手握的冷鲑鱼饭团。每天下班，也唯有望一眼评报转载栏上划满的荧光笔笔迹暖暖心，即便热闹是别人的，或也能让我感觉到自己走的路，可能还是有希望的。

我以为这些记忆我都丢失得差不多了，却不知为何此时此刻显得格外清晰。就连27楼的洗手间里哪一扇门更容易真正关上的报废经验都蹊跷地复苏了。我记得那年我的工资是1300元，领导在厕所斜对面的小会议室里告诉我，如果我能念一个在职研究生回来，就给我加300。话音刚落，我就听见男厕所重重的摔门声，那一定是外人不熟悉，差点被故障门栓锁在便池，吓坏了。我还怀念我们当时的会计，对我特别好，我每个月去领工资条，她都对我说："要吃小核桃肉吗？你太瘦啦。"

"那，你们两个是怎么认识的？"他像一个面试官般问我。

"其实不太认识。学校里见过几次。她来参加过我组织的诗社。后来她忙，就不来了。"我认真地回答。

我也忙，最后诗社很快倒了。

"我看到你在报上写她的文章，说到我们反对她写诗，又说她给你们投稿让你不要说出去。其实这些事……我们也很后悔，她业余时间写写诗歌，我们为什么要反对。早知道她人生那么短，还不如让她做些自己喜欢的事。"

"您节哀，"我说，"但我不是那个意思。她很孝顺，从小就很尊重你们的想法。她也很优秀，她后来的工作，也比我好很多。"

"你最后一次见她是什么时候?"他问。

"大四吧。"我说,"我在学校礼品店打工,她来买东西,告诉我去了烟厂工作,福利很好。"

"是的,是我帮她找的呀,费了很多力气,起薪就有8000。但她才工作一个月,就走了。太快了。本来说好新单位一定会重点培养她,她成绩很好,又会写写东西。"

"你也不要太难过了。"我娴熟地接道,这话对别人说最轻松了。

"我和她妈妈两个人都在媒体工作,我们理所当然是不同意她从事这个行业的。我们眼睁睁看着,心里也不好受,但纸媒早晚要完。在中国要做新闻,也没什么大意思,小姑娘去国企最好了。你说对吗?"

"嗯。"我知道了呀。我心想。

"我想你是听得懂的,我一看你就知道。"他贸然地说。

其实早几年要是有人这么跟我说就好了。

我们在寡淡的一言一语中,逐渐建立起了稀薄的、不可靠的共同话题。一旁空调风吹得我膝盖疼，水又凉，万千不合时宜，都只得忍耐。我很难想象他特地打电话叫我来报馆，仅仅是为了听我说说已故女儿五年前的往事，我和她女儿还不算太熟。有一刹那我也试图绞尽脑汁说些什么有意义的、煽情的话，但最后也不过是说，"其实我一直很后悔没有单独约她吃过一餐饭。那时我们常常会在校园里遇见。"

有时她身边有男友。有时我身边有男友。因而我们只是远远地笑笑，并没有走近一步。

"这没关系。不怪你。"他仿佛代替五年前的她原谅了我。

要追缅一个自己并不熟悉的人，所有的情绪都需要过度的调动。我甚至费力想起了那时候万分不济的自己，都不足以彻底地悲伤起来。好像我白白活过这五年，有些对不住这个眼前悲伤过度、衰老哀愁的中年男人。

"你知道，我逐一见过提到过她的所有人，包括你。你不要害怕，我甚至还找到了当年暗恋她、她暗恋的中学同学。我曾经以为我们无话不谈,我引以为傲,我觉得我们的父女关系非常好,非常非常好。但后来我发现,事实上这五年来,她还是有好多事没告诉我。我每年都会知道新的事。"

虽然五年没有发生新事了。真不容易。

"这都不重要了吧。"我试图劝解他。"我跟我爸爸什么事都不谈。面都见不到。"

"重要啊,重要的。我想听听你们记忆里的她。像你说了她参加社团,我就不太知道。譬如有一个男孩子,我觉得是我女儿一直最喜欢的人,从中学到大学,他们一直只是好朋友。我女儿一定很失望,他从来没有对她表白。后来在灵堂上我问他,你有没有喜欢过我女儿,你跟她说,最后一次跟她说一说。她妈妈在旁边踢了我一脚,但是我没有睬她。"

"灵堂上……后来呢?"我问。

"后来他说,我们是好朋友。但是他哭了你晓得吗。他真的哭了。"中年人眼底骤然闪烁起来。

"你怪他吗?"我又问,"他那时还小吧。我也见过这样的男孩子,葬礼上。"

"他不懂,那种就是爱。我在他那个年纪也不知道这就是爱。我现在知道了,他爱我女儿。"

好吧,也许吧。我心想。少年时哪怕差强人意的爱也要比如今的爱更真诚一些。从某种意义上来说,他也没有错。他们都没有错。

"最后我让他写了一封信。头七那天,他来我们家,我看着他亲手烧给她。我想她一定知道爸爸也帮过她了。至少帮她问过一句了。"

"嗯。"

"你有男朋友了吗?"他忽然问。

"没有。"我说。

他好像有些遗憾的样子。

"哦,我结过婚。"

他很惊讶,突然又看似理解地没有再问下去。

"那你比我家女儿要经历得多。"他若有所思地喃喃自语,"我女儿是没有结婚,也没有做过人,就走了。"

我有些尴尬地笑笑,从未感到如此词穷,可好像又的确如此。这五年来,一部分的我死去了。一部分的我活着,活得也不太好,只是活着。

但面对眼前的那个人,我实在开不起生死的玩笑,只能费力地追忆。我记得我第一次见到她时,她穿一件红色格子衬衫,扎着马尾辫,整个人都笑盈盈,有些憨甜。我当时不懂事,看人看出身全看身上看得见的logo,现在才略微习得一点神态背后的谜语。

我一生都没能在那青春最后的三年五载憨甜过。即使年轻的时候,不是没犯过傻,也不是没吃过糖。但到底是尘埃里滚打过的皮实,挫败里的伶俐。初见面时,我不算太喜欢她,但也不讨厌。她热情地告诉我我们高中时参加过同一个夏令营,我的确参加过,但寥寥数语就带过了,"哦你也在那个夏令营呀"……这一带过,恐怕就是缘分深浅的生死抉择。那个夏令营,其实对我们都挺重要的。她保送上了我们的大学,而我认识了我的前夫。

退社时，她还特地跟我说抱歉，说她坚持不下去了，太忙了。文学啊，都是业余生活。也许是吧。很快我也终结了那个不济的诗歌社团，现在简直像从未亲手成立过，然而我们的确是通过它才相识的。它倒了，她也不在了。很多人都是如此。

那几年家里出了些状况以后，我开始忙于打工。而她，听说很快当上了学校的学生会干部。我们注定是两个世界的人。但我从来没有忘记过她。就像从起跑线一起出发的人，数圈以后，身边不是没有人，而是没有了认识的人。这样偶然路遇一个，就会很珍惜，哪怕在场外看到一个认识的人经过，也会很欢喜。

但这样好好的欢喜，为何会戛然而止呢。

"我的人生啊，彻底完结了。还没有过完，但彻底完结了。"他继续说道。"我们白手起家，培养这样一个孩子，我费了多少心力，动了多少关系，最后却这样。一场空。"

谁不是呢。

"你知道她生病前，要求出去租房子自己住。我刚装修完家里的新房子。但她要这样，我是同意的呀，我这个爸爸开明吧。她和几个一起毕业的男同学合租。一般人家不同意的吧，我也同意了呀。怎么会这样呢。五年了，我都没有想通，就算轮为什么会轮到我。我打拼下来那么多东西要留给谁。"

做编外新闻人员低薪起家男女合租倒也不是什么新鲜事。但我知道他的意思，也为他难过。

"她走的时候有痛苦吗？"我问。

"没有，一点没有，睡过去了。痛苦的是我们。"

"她妈妈还好吗？"我又问。

"不怎么好，我觉得是抑郁症。表面上我们夫妻看起来比人家夫妻更好，但实际上我们已经不是真正的夫妻了。"

他点了根烟，才终于将自己和这间喷涌着寒意的屋子融为一体。

我有些尴尬地笑笑，不知道怎么接下去问或者答。

"你知道吗？五年了，我甚至去找过代孕，我还来得及，我可以重新来一次的。报社倒了，但我还有家。但是她妈妈不肯，她吓死了。我们现在不是夫妻，就是亲人。我如果离开她，她就要去死。我不能让这个家两个人都在墓碑上。你能理解我的痛苦吗？"

一点点能。

但不知为什么，在这个并不太合适的时候，我倒是忽然有些想起我朋友的脸来。如果说之前我还有一点哽咽，略带着礼仪的制约，那此刻倒是有些尴尬的释然。我想，她在天之灵看到这一幕，不知是何感想。我忽然有些想念她。

"每一年，我都把她的同学、好友、她喜欢的人、喜欢她的人叫到我们家，一起过年。有的人来来就不来了，有的人一直坚持来，到现在，还带着女朋友来，我都欢迎。"他继续说道。

"她在天之灵知道你为她做这些事，一定很安慰。有你这样的爸爸，她也很幸运。"我说。

"她是很幸运，但现在，我已经不只是为了她了。我这个当爸爸的要做的事，五年前已经做完了。我之所以要这么做，是希望大家不要忘记她，怎么可以忘记她，我们什么都没有了。你说呢？"

"嗯。"我点点头。

"你结过婚，却没有为人父母，你不知道这样的痛，有多可怕。我每次夜晚伸手去抱她妈妈，她都用力地把我推开。我女儿还小，她走时不知道，她现在大了，和你一样大，她如果真的有在天之灵，她就都知道这些。她不帮我，也是想我们永远记得她，只记得她。是吗？"

我想否认，但也不知从何否认起。

"没人的时候，我就一直哭。人家都觉得，我还没有走出来。我觉得不是的，我是失望。人生怎么还有那么长。"

"或者你可以把她写下来，会不会好一点。"我其实没认真在建议。

"是的，你懂我。我想写一本书。我以前看不上写作的人，但我现在真的想写一本书，想把我的痛全都写出来。我太苦了。"

他抖尽了烟灰。像一种人情世故上的告别。报社倒闭那日,领导也是这样掐灭了一根没怎么吸的烟蒂。我离婚那日,在民政局门口,前夫让我去买瓶水,我包里有,但我还是去买了,这是他最后对我说的话。过马路时,我手里握着一瓶水,感觉他从我身边经过,再也没有回来。

"对了姑娘,你有 we-chat 吗?过年了,一起来我们家吃饭吧。"临走时他忽然说。

"我……不太用。"我抱歉地说。没敢看他的眼睛。

你心里有花开

1

　　每天清晨，肿瘤医院电梯口的排队盛景，在这一带已是闻名，乍一眼看上去，真像旧年里弄堂口打豆浆油条的场景，又或者是逢着中秋节庆前的鲜肉月饼摊。香喷喷、油腻腻，日常的秩序里带着一日之计最初的期盼，全然光明的，一点不哀愁。若去的时日久了，就会知道，无论是电梯标示的哪一层，电梯门打开时瞅你第一眼的病号，很可能明天就见不到了。他或者是走了，又或者是永远地走了，即使他看起来比恹恹窝在病床上的那一些人要有希望。这也没什么，老话里说，商人重利轻离别，其实这里才是。

有个女人的声音常常穿插于此间，在电梯门尚未关闭时。"关什么关啦哦哟，讲过不听的，开着不要动！"有点凶相，众宾客只闻悍声不见其人，满满当当都空等着，谁都不知缘故。数分钟后，才会突然涌入一些或咬着苹果、或咬着餐饭的女人，年纪都不大。她们看起来是这栋大楼里最皮实的人了，没有心肺。雪雁遇见这事情好几次，全没细想，她从年轻时候起就最讨厌坐电梯，受不了这种升降的压迫感。好在一辈子也没条件住进电梯公寓，落得太平。

尤蘁的床位是靠窗的。她第一天见到雪雁就说："侬帮我倒点水好哦？倒在暖水壶里，不要去用热水瓶。"她每次都这样说，嫌鄙医院里人人都用的热水瓶不干净。她连热水瓶都受不了，更不用说病房的公用马桶、洗手台。人都瘦成一根竹竿子了，夜里肚子痛醒上厕所，都不忘记拿一块小方巾，在马桶圈上擦一擦，最后再扔掉。这些白色的小方巾，都是雪雁带给她的，源源不断。尤蘁很喜欢，问她都是哪里弄来的那么多小方巾，雪雁说："喏，我们十几年来到饭店吃饭的擦手巾,每趟你都叫我带回家,汰汰清爽擦玻璃窗,你记得哦?那么多年积少成多,没想到现在正好派上用场,我都帮你消过毒了,开水烫了不要烫,你放心用,有的是。"尤蕹听了就笑笑,轻声说:"他们都邋遢得要命,你不要看他们人不像人,都是病的。这个毛病走得快,床的轮替也很快,都是托关系才进的来,每一个都是。"雪雁不在乎他们,也不在乎关系。短短两个礼拜,她已经见过几个好端端走着进来的人,突然就没了。上午没的,下午床位就来了新的人。但雪雁故意不去记他们流动的脸,她心里一直都相信,尤蕹和那些人是不太一样的,命数也不会一样。

雪雁是和尤蕹弟媳一起轮班照顾的,下午尤蕹的老先生会来陪,周末有儿子。一切都是尤蕹做的主,仿佛除了病魔,世界什么都依着她,她还要一个劲地体谅上班的儿子。现在的小孩,雪雁看也看不懂,不知道他们在想什么。譬如尤蕹的儿子峻峰,尤蕹入院第四天做穿刺时,他就说:"姆妈我累死了,我要去健身房跑跑步。"尤蕹痛在身上，心下又舍不得儿子，这才拨了雪雁的电话，说："你听了千万不要着急，这下是我要找你来帮忙了，本来我谁也没说，又不是什么好事。"雪燕听完脑子一片空白，挂了电话就哭了一场，喃喃自语："怎么会这样的啊，她那么好，那么好。"雪雁哭着哭着血压就升高了，紧赶慢赶跑到医院，满腹的悲痛欲绝。尤薇见到她却没什么表情，不过是软软地递了个暖壶给她，说："雪雁来了啊，帮我灌点热水。"那会儿，她还说得动话，脑子也煞清，冷静得近乎薄情。她对雪雁说："迭只毛病真叫顶顶讨厌。开刀最多两年，不开刀就一年。很多很多都是三个月的。我觉得还是不开好，开刀我真的吃不消。我老了，体质也不好。我又不是农村里出来的，平日里也不锻炼，身体搭不够。"

上海话里说"顶顶讨厌"，多少有一点娇嗔的意思，雪雁第一次觉得发嗲的话原来听来那么凶险，心里一阵寒凉。其实在雪雁看来，一切都是从尤薇做了胰腺穿刺过后才真正开始的。穿刺以前，尤薇还会偷偷回家洗个澡，甚至入院第二天还带感冒的老伴去自家医院里看病拿药。但胰腺发了炎后,几天不能喝水进食,她真正像个病人了。尤蓶发着烧,又多日禁食,人像根折断的筷子一样佝偻在床上,和过年时见到她时已大不一样,甚至和入院时也不一样。一米六八的高个子,只剩下八十几斤肉,多数像是饿出来的,而不是病出来的。胰腺到底是什么啦,雪雁也不是很懂。就是依稀记得,二十年前有个女邻舍就是痛死的。痛死前一直骂老公:"你有什么用,房子也是我单位给的,女儿也是我在养,医药费也是我单位出,我死了你们怎么办,生恶毛病的怎么不是你。"但那个女人也是个好女人,身体好的时候从不这样说话,她唯一的女儿在她过世那天昏了过去。最后只读了中专,要是她活着,女儿怎么样也能逼上高中的,她那么要强。雪雁想到这些陈年旧事就眼睛红了,她有多少年都没有想到这个邻居了。人死了就都被忘记了,人最无情。仔细想起来,紧急的时候,那个人还相帮雪雁接过女儿、落雨了帮雪雁收过衣服,除了她,再没有别人帮过雪雁做过那些事。现在雪雁的女儿也三十岁了,二十多年来,雪雁居然一想都没想过她。春夏秋冬、喜怒哀乐里，那个人早就像被橡皮擦滚过一样消失殆尽。没想到终于记起来的时候，雪雁才突然有一点懊悔，觉得有些对不起人家。

想起来，这对苦命父女搬走很久了，如今旧屋子出租给了外地人。房东是谁，雪雁其实也搞不清楚。

尤薤还帮雪雁解释，这个病只要开刀，就是八个小时的大刀，连着脾、连着胃，身上至少要插六根管子，怎么吃得消。预后也很差，隔壁那个开好的，就差一根导尿管没有拔掉，有天上厕所，憋了一憋，大出血走掉了。输血5000cc，没救过来。

"马桶啊，他们后来是擦过了，"尤薤说，"但我还是用了你的小方巾，再擦了擦，才敢坐上去。洗澡也是啊，等他们都洗完了，我就都冲了冲……"尤薤说到这里，好像忽然又痛起来，皱着眉头，就不再说话了。

那个人，雪雁三天前还见过，她努力回忆了一下面孔，像是记得的，以为他快好了，后来没遇上，以为他出院了呢。

雪雁来不及伤感，只幽幽地说："诶，是要冲的。清爽点。心里也舒服一点……"像安慰尤薤，又像劝自己。

护士来换针，举着瓶子问："叫什么名字？"尤薤紧闭眼睛，雪雁帮着回答了。护士说："家属是吗？做过CT以后你们还欠着3800块钱哦，明天不付钱的话，没有药了哦。"

尤薤艰难地翻了个身，还是不说话。雪雁略有些尴尬，就说："知道了，会付的，你这个医生怎么这样说话的。"

2

三十年前，躺在病床上的是雪雁。相帮灌水的是尤薤。老话里说，风水轮流转，大概就是这个意思。

尤薤帮雪雁接生的时候，两天一夜顺转剖，雪雁痛到撕心裂肺，身边刚刚好一个亲人都没有。她吃痛，没有像别的产妇一样嗷叫"男人都不是东西"、"谁再生小囡谁是猪"。雪雁本来就不想结婚也不想生，丈夫临走前留下了这样一档子事,她从得知怀孕的第一天起就不知道是喜是悲。痛到麻木的时候,雪雁觉得自己这样赤条条地蜷在一汪不知道是血水还是羊水里,是老天让她体会女人终极的命运就这样寒凉。如果真的这样死在手术台,也没有什么好怕的了。雪雁脸上汗水夹着泪水,模糊一片。下身恍惚有风吹过,带着刀尖。

尤薤当时没比雪雁大几岁,几次想问又不敢问,最后还是问了。"送你进来的人呢?"

雪雁答:"我妹妹有点残疾,妹妹也在生,她比我要危险,家里人都在妹妹那里照顾了。"尤薤问:"先生呢?"雪雁说:"……又到日本去打工了。"尤薤是直肠子,还想问,看雪雁虚弱又可怜,终于忍住了,只给了她几块饼干说:"干净的,我自己吃的,你好坏塞一点,不然一会肯定没力气。"

雪雁怀的是女儿,许多事也没什么可问,尤薤见得多了。但尤薤心里想,像这样正正经经又真没人照顾的女人是真作孽,像自己。早十年尤薤生儿子的时候,父母早逝,老公调到北京,婆婆在外地照顾同时要生的弟媳。大家都觉得她到底是医院的人,总会有人照顾的。她生完看到一堆恶露衣裤耀眼地堆在床下面盆里,一阵心酸,但咬着牙没有哭出来。眼下的雪雁就像把她的人生演了一遍,尤蒴对她说:"你也不要想太多了,过了就好了呀。还好母女平安。"像是在安慰从前的自己。

"那个……我来帮你洗,要是你没有替换的话。"尤蒴补充说。雪雁听了一愣,转头没有忍住,倒嘤嘤哭了起来。边哭还边说:"尤医生啊我没什么可以给你啊。"尤蒴就笑了,说:"你怕什么啦,我自愿的不可以啊,对了你妹妹是怎么回事啦?"

"年纪小的时候失恋,跳楼过。摔坏了。"雪雁还在哭,像是在难过。

"人没死哦。"尤蒴说,"呵呵,那么你倒有的苦了。"

雪雁听罢哭得更凶。这样的话,从来没有一个人跟她说过,无论多难过,她都觉得自己没资格那样想。但雪雁心里怎么会不知道呢。往后的三十年风雨里,她熬过了离婚，熬过了父亲病逝，终于把女儿拉拔大，已经不再会因为怕别人觉得自己不够懂事而不敢想任何事。她苦了那么久，到头来终于可以说，这一世人生里寥寥就这么一个人是从头到尾真站在她这边的可怜她的，如今这个人要走，雪雁实在舍不得。

如今雪雁问起尤薤："你有什么东西要我洗吗？"多多少少牵带着三十年前的恩情，但眼下的尤薤，倒是已经虚弱得看不太出来到底是想到过从前，还是只顾得上眼前。雪雁对女儿说，"你尤薤阿姨老早接生你的时候，人生得多好看的，一双大眼睛，尖下巴，人又高"……女儿呛她："姆妈，你生我的时候怎么盯着人家医生的脸看。"

她是不会懂的。雪雁心下叹息。生她多不容易，她却不知觉。尤薤是第一个抱出女儿的人，帮她洗身体，也帮自己。孩子小的时候，尤薤从家里拿出自己的旧衣物，给女儿做尿布。逢年过节里，雪雁总要带着女儿去尤薤家住一晚，尤薤也会带着儿子到雪雁家里玩。那些年里，日子虽然很不好，但真是平安。雪雁有时当尤薤是大姐，有时敬重她是医生，有时又只当她是最要好的朋友。她不知道尤薤当她是什么，她一直以为自己也不在乎。

"妈妈要是生病了，你会去健身房跑步吗？你会去旅游吗？"雪雁问女儿。

女儿想了想说："你这么问肯定是希望我说我不会的咯。"

她是真的不懂啊。雪雁心想。

但她也不怪她。儿孙自有儿孙福。

女儿忽然问她："妈妈，峻峰哥哥不是很有钱的吗？怎么会让尤薤阿姨住在这样的病房里，乱哄哄的诶，都是病人在叫的声音。厕所又脏，还有家属甩着湿头发进病房吹吹风机。"

"你不要小看这些人，他们都是托了关系进来的。"雪雁转述着尤薤的话，也转述着尤薤的语气，但另一句，是她自己打听来的，"顶楼的vip病房要15000块一天。那里只有这两种病房。你说怎么办。"

女儿撇撇嘴没有回答，转身又去自顾自滑手机。其实雪雁自己也不知道该怎么回答。这些难堪的问题她都不细想。尤薤性子急,刚进医院的时候就说过,就把自己的钱看光不看了,老伴的钱都留给儿子。她雪雁相帮尤薤去办了大病医保,也是尤薤自己想到的。尤薤有时看似皱眉昏睡,但会突然意识到什么就立即打电话给儿子:"姆妈股票慢点都退出来交给你了,你和你爸爸什么都不懂,早点弄好我就放心了。"但雪雁知道,她永远放不落心了。

这样的事发生很多次,往往,雪雁只能在一边沉静地剥芒果、琵琶、猕猴桃……尤薤有时吃一口就不能吃了,赶紧叫她连皮带壳都带回去,自己又蜷过去睡,全然不顾礼貌。雪雁替她温水、洗碗勺、冲热水袋……两个人有时什么话也说不了,就你看看我,我瞄瞄你。雪雁心里有些难过,灌水的时候,洗毛巾的时候,忽然眼泪就流下来了,但她咬着牙对自己说,不要害怕,要对她好,要珍惜。

3

现在的医院,都不许病人多住一天。尤薤化疗完的当天就回家了,峻峰已经请了阿姨做饭。照例是雪雁与她弟媳轮班,两人一天隔一天,几乎碰不到。尤薤的老先生,从先开始怔怔木然,到后来也陆续沉静下来。这一生他没学会照料自己,尤薤有精神的时候就一直数落他,他就挺着骂,让他做什么就做什么。有时他在阳台里看看花,一言不发。有时上厕所时间很久。这些场景,雪雁仿佛二十年前见到过,又仿佛有那么一些不同。

过年的时候,两家人吃过最后一顿团圆饭。是年恰好轮到尤薤家做东。那时尤薤已经暴瘦,雪雁买了一件真丝披肩给她,她硬是不要。说现在瘦了穿在身上晃里晃荡,不像样子,叫雪雁带回去。雪雁也不肯,想好是送她的新年礼物,只是没想到尤薤忽然瘦了二十斤,穿总归可以穿的,两人推来搡去很久。尤薤断然说:"你这个人就是这样，你有发票就去退了好了，我不要你的东西。"雪雁听了就有一点伤心，本来无所谓的事，尤薤不喜欢她也可以自己穿，但尤薤说这样的话，像是在辜负她。雪雁只得收好衣服，有一点热脸贴冷屁股的错觉，当时委屈得差一点就要哭出来。要说犟，雪雁真的不是尤薤对手。

尤薤其实也有点下不来台，就忽然从抽屉里拿出一个围脖，看起来像是貂。她拉过雪雁的手，摸着说："硬哦，不灵的呀，儿子买的，肯定又被人骗。难看倒是不难看。"雪雁忍过那阵鼻酸，硬说："好看的好看的，儿子心意呀。能想到就很好啊了，我女儿都想不到这么细。没结婚真真都是小孩子。"

"那我也不会戴的。痒。"尤薤抱歉地笑笑，像是在暗示雪雁这两件事的关系，这件事就能算过了。

如今尤薤自己说，年前其实她已经住到自己医院检查，一切正常，独独漏掉一项，是因为地段医院没有检测机器。都是命。雪雁说："那个时候查出来就好了哦。"尤薤答："好什么，也是一样，这个毛病顶顶讨厌，查出来早，也是化疗、开刀，开了刀，预后也很差。我过年的时候跟你说，查下来都正常，我大概还可以活十年，现在看起来，大概就一年了。缩得像洗过的纯羊毛衣裳了。"

雪雁不知道说什么好。就相帮尤薤按按被角，垫好枕头。有时候尤薤叫她打开衣橱，拿出哪件衣服包好，多数也是旧年里雪雁送给尤薤的。大的有披风、大衣，小的有围巾、丝巾。尤薤知道雪雁报恩，她自己下手也很重，雪雁给她的，她都加倍还给雪雁的女儿。现在她想到什么，叫雪雁带回去，雪雁一争都不跟她争了。有件大衣，尤薤叫雪雁拿出来包，雪雁一声不吭地折好，尤薤又好像反悔了，说："这件我还蛮喜欢的，你前年送给我的。我只穿过两次，今年里只穿过一次，也没有洗呢，过年的时候，我就用干净的布擦了一擦。我想想，你和你女儿都没我高，大概也穿不了，算了，你还是帮我放回去。慢点叫他们……再说。"

雪雁于是又抺开，放回原处。她想到尤薤省略的话里有些什么呢？"烧给我"？还是别的什么？雪雁没忍住，背过身偷偷地哭了。

4

开刀前尤蕤让雪雁来了家里一整天,几次化疗虽然辛苦,但她看起来精神较先前好些,夸自己能吃能睡。前几天峻峰还开车带她和老伴去世纪公园玩了一圈,他们站在一起拍了照片。峻峰请他们两个吃了一顿,尤蕤喝了点咸粥。"你知道我年轻时候最喜欢吃肥肉,"尤蕤对雪雁说,"百年后大概能看到很多猪猡在鬼门关里瞪着我。"

"那我百年后看到的是一个动物园咧。"雪雁也笑说。两人像忽然回到了很久以前。许多往事在雪雁脑海中呼啸而过,她知道这些风风雨雨同样在尤蕤心里倒带过一次。雪雁知道尤蕤特为叫她来,是要和这间屋子道别,她肯定已经不那么确定自己还能不能回来了。叫雪雁再来做做人客,说说家常,有一点告别的意思,也没有那么明显。想起来,那些年里,两人在一起做过多少琐碎的事情啊,剥鳗鲞、剥蚕豆，勾在一起拍照片，装模作样做股票k线图，也推推搡搡吵过架。两人在一起为小孩的高考操过心，婚姻操过心，但到头来都是怂相，你也不敢说，我也不敢提，最后只好互相安慰，老了眼睛一闭什么放心不下的都要放下。

雪雁还记得前夫从日本回来那会儿，女儿已经要上小学了。夫妻两个人度过了貌合神离的一年，他终于提出离婚。雪雁当时已经不是特别难过，她觉得自己已经离婚很久了。她带着女儿在尤薤家里躲了几天，前夫还气势汹汹登门来兴师问罪，吓得当时已经念高中的峻峰兢兢关上房门。尤薤说话冲："我看你们还是离婚的好。雪雁为你吃了多少苦。"前夫也毫不客气反呛："人家劝和不劝离，你们知识分子最反动。你活该文革被整死了大人。"

时隔多年，雪雁想到这话还是背脊发凉。她已经有点不记得自己后来是怎么走出尤薤家。有没有说再会。但尤薤从来没有对她提过这件事。

"肺腺癌有个靶向药，我叫医生帮我用用看。但看上去也不是效果很好。"尤薤平静地说,"我还叫老头子帮我报名参加癌症俱乐部,但是你晓得,里面的人譬方生甲状腺癌啊、乳腺癌啊、肠癌啊,医疗效果都比我这个要好。不过我在医院里就这点好,如果实在痛得吃不消,我可以叫他们开点止痛剂。你上次说人参什么的,你不要去帮我弄,我不喜欢的。"

雪雁就笑笑。这一个多月来,她已经学会了一种新的笑,又尴尬,又熟稔。她这辈子从前从未这样笑过。

"我会帮你照顾他们两个的。"雪雁忽然说,"你放心,只要我在,还有女儿在。"

尤薤不响。

隔一会,尤薤从五斗橱里拿出一个盒子,交给雪雁,说:"我叫老头子整理了你留在我这里的东西,照片啊,信啊。你记得哦,以前我们还写信的时候,你的我都留着。但是我现在已经看不动了,你要吗?你要你就拿着,其实我半年以前就拿出来看过一遍。辰光过过真是没感觉。爸爸妈妈的东西我都没有留得那么多。你也知道,那个时候留不住东西。现在就可以给你了。"

"那个时候……"雪雁说,"离婚的时候,我不该躲到你这里来。不该让你听到那些话的。"雪雁伏在尤薤腿边。"我怎么都觉得对不起你。从你遇到我,你帮我,我就一直在给你添麻烦。我还不清了。"

"瞎讲有什么好讲。"尤薤说,"我也看不到两个小的结婚了,看不到他们的下一代。你要帮我看,以后做梦告诉我。"

雪雁就又笑笑。

尤薤也笑笑。

5

雪雁送尤薤再入院时,病房里的人完全换过一圈。她和尤薤老伴交接班,老先生说今天的粥是儿子煮的,剥了虾子。尤薤开心得不得了,说活了六十多年,第一次吃到儿子做的饭,眼睛闭了也没有遗憾了。

她出门时,老先生追出来说:"雪雁你好走,你辛苦了。"雪雁笑笑说:"都是自己人。"电梯门打开时,雪雁进去就按了关门,心下恍恍惚惚。猛然听到门外有人喊:"哦哟有毛病啊,说过几遍了不要关不要关……"心里一沉,但也不想理会,任凭那个凶悍的女声渐渐地从电梯井消失。就今日特别不想理会。

回家的时候,雪雁忽然觉得有些异常,又说不上怪在哪里。这可是住了二十多年的老房子了,新村里大部分人,不是在九十年代发达搬走了,就是在儿女成家立业之后改善了条件。只有雪雁还住在原地。她知道二十年前这里每一户人家大致的喜怒哀乐,甚至闻着菜香就知道哪家今天是谁下厨。但这些记忆有什么用呢。

开铁门的时候,雪雁觉得楼道里暗暗的,像笼着一层蚊帐。转身才发现,楼道的窗户前被堆了一个两门衣橱。完完整整地挡掉了自家南北通的窗口。她气不打一处来,狠狠地敲着邻舍的门。

"你怎么好把衣橱放在楼道窗口的啊?"雪雁对着一

个满脸疲惫的女人大喊,她身后还跟出了直到她膝盖的女孩子。

"阿姨啊,家里放不下了,先让我放一放好吗。等我家男人回来了,我叫他搬走。"

"你男人什么时候回来啊?"雪雁问。

"大概下个月……大概半年,我真的不知道。"那年轻女人回答。

"你有毛病啊,你男人要是永远不回来,我们家就永远不能空气流通了吗?"

年轻女人怔怔的,忽然蹲下身来哭了。她哭了,女儿也哭。撕心裂肺。这场景那么熟悉,又那么陌生。

雪雁一惊,她忽然想起好多往事,脑海中呼啸而过种种刺耳的声音。像老邻舍咒骂没用丈夫的哭声,前夫咒骂尤蕹的恶薄声,肿瘤医院电梯里粗悍的护工声,三十年前的产房里一声声惨叫,年轻的尤蕹从她床下拖走装着恶露的搪瓷脸盆声……雪雁抬头看到那个突兀的两门衣橱应该也和她差不多年纪,饱经风霜,满身月色。它特别茫然地伫立在此，满腹委屈。而它的橱顶……居然还放了一盆兰花。生生的，生生地挡住了这个逼仄楼道里全部的阳光。

爱情的完成

1

"麻烦你翻回去上一页,"妇人说,"有一个错别字。这个……离婚的婚,不是魂。"

"不好意思打错了。"警员说,"阿姨,您要喝点水吗?"

妇人摇摇头。她继续等待着回答警员的问题,眼神始终投掷于电脑屏幕。那是一台老式座机,极像上一个世纪有后脑勺的电视机,很多家庭一直在用,虽然它显然已经被淘汰了。因为这种诡异而凝重的气氛,速记的汉字不停地在显示屏上翻转跑动。

她目不转睛。

"你儿子最后一次和你联系是什么时候?"

"昨天晚上。说要母亲节了,今天带慧柔一起来吃饭,她买了自贸区的莫桑比克彩虹虾。莫桑比克……你会写吗?"妇人问道。

"你最后一次和他爸爸联系是什么时候?"

"没联系。"妇人答,"我恨他。"其实也没等警员问她原因。

"她还好吧"。一旁的 Jo 问 Lisa。

但 Lisa 显然也有点走神。她简直不敢相信眼前这位妇人是方才经历丧子之痛的母亲,她仿佛是来物业投诉楼上漏水一样的表情,也仿佛刚走出绝望的婚姻开始能够透上一口气。总之,虽然知道有祸事,她却没有任何多余的悲伤,一丝也没有。甚至在旁人挺需要她有点悲伤表情的时候,她都没有流露一分一厘。就这样矜持地、冷淡地维系着某种莫名其妙的体面。

莫桑比克彩虹虾……

而一旁的慧柔显然已经崩溃了。她到底是年轻。因为崩溃这样的事，其实也需要调动一些体能。年长的人不擅长、不适合，硬要做起来，也是搏命的。

慧柔整个身体都瘫软在椅子上，眼神定泱泱的，时不时就趴在桌上一阵哀泣，一会又好像突然好了，紧张地问Jo："亲爱的我是不是在做梦啊？你快掐我一下，用点力，我不相信啊，这怎么可能啊。"Jo于是再度木然地、缠绵的，不知掐了她多少下。她当然不忍下手太重，却又怕叫不醒她。这样反反复复，竟也过了快要三个钟头。所有的人心里都是茫然的，茫然中带着疲惫。真希望一切都没有发生过，又期望一切能快点结束。

当警员最终将笔录完整地打印下来时，大家都松了一口气。警员找妇人签字。她盯着那张纸看了整整五分钟，随后从包里掏出一支笔，认认真真地写上了自己的名字。随后，她站起身，却并没有走向慧柔，也没有看向任何人，就独自幽幽地走了。

倒是警员示意Jo和Lisa其实也可以离开了。

三小时前,妇人和慧柔都放弃了侦看阿勇手机的权利,尽管她们对此充满疑惑,且这种疑惑至此方始,将绵延一生。

十三小时前,阿勇从他上班的办公室楼顶一跃而下,十九楼的楼梯间里,留下了他的手机、钱包,及一杯尚未喝完的午后热咖啡。

一路上,车都塞得有些离谱。

Jo 甚至有些怀疑,那位妇人方才走得那样淡定,她能顺利地去到哪儿。她想要问问慧柔,又觉得不合适,然而人和人总是这样,看起来应该是很熟的,其实也不尽然。看起来是一家人,其实比陌生人还要陌生。

结婚三个月来,Jo 和 Lisa 的伴娘服都还没找到时间还掉,紧接着就是丧礼。感觉来往的会是同样的人,一起大喜大悲。Jo 甚至还记得,慧柔结婚那日那位妇人穿着一袭黑色旗袍,当然胸口勾着考究的花,有些凛然的庄重。如果不是她和新郎长得太像,她简直不像是这场喜宴上应该出现的人。然而即使作为第二主角,她也没有想象中那样高兴。就是体面地、冷静的、怪怪的。但显然大家都以为，单亲母亲多少是有点怪的。这种寻常偏见令到妇人的表现并不那么值得指责。然而许多事要回想起来才有意义，才显得格外触目惊心。

Lisa送完慧柔到娘家，在门口突然呕吐起来。Jo拍着她的后背说："你怎么了，这会儿还需要你呢，千万不要倒下。"Lisa抹抹嘴说："邪门了，我也没不舒服，真的没有感觉不舒服。就是没忍住，吐了。抑郁症也这样吧。没忍住想去死。表面看起来比谁都健康。"

"你说什么呐！"Jo白了她一眼，然而不知道为什么，鼻子一酸，居然有点想哭。

而慧柔自出事那日起，也再没回过他们家新房。

2

翌日招魂。道士到阿勇的办公楼底下，想让阿勇回来看一看阳寿未尽时曾经爱过他的人。千言万语已是天人永隔，但到底应该来告个别，母子一场，恩如泰山；夫妇之伦，情如东海。然而无论怎么掷筊，他就是不出来。所有的人都有些疲累了，除了那些不敢疲累的，全是在打哈欠、看表和滑手机的至亲好友。想来悲伤这样的事，也不便拖延太久。

"阳世作事明白，你有无欺己；阴司判断是非，吾何尝放谁。"

Jo 举着幡，Lisa 捧着排位，不成体统。

道士转而对阿勇母亲说："怎么办，掷不出结果来，你儿不肯回来看你们，他自己的路也没法往下走，你劝劝他，赶紧的。"

妇人于是上前，不知说了什么。随后慧柔也上去，就只是哭，她这几日，大约把一生的眼泪都给哭完了，然而她才 23 岁。阿勇 35 岁。他把自己的一生束成个谜底，也把慧柔的一生给做成了谜面。本来没多大点事，但眼睁睁，把万事全抛；荡悠悠，把芳魂消耗，就演上了《红楼梦》。

好容易连公司领导都上前去，眼泪鼻涕一把，就怕这事对公司有所连累,然而阿勇的母亲和妻子都没有要深究的意思,这两个苦命人甚至也没有要相依为命的气势。领导虽然不明白,但多想无益,只希望他一路好走、来世再当办公室同侪、下了班照样把酒言欢。

拖拖拉拉办了快一个半小时,道士终于掷筊出了结果,勉勉强强,阿勇总算翩然来过、别过。大家有恩报恩、苦短情长地与阿勇的魂魄作了个别,凄凄惨惨,各自散去。

"你说男方来的都是些什么朋友呀,连个愿意扶灵位的人都没有。亲戚都没有。这都是什么家庭啊!" Lisa 说。

"算了啦,慧柔也可怜。我们扶就我们扶,反正我们没什么信仰,也没做亏心事,什么都不怕。" Jo 说。

"你还记得吗,我以前跟你说,慧柔怎么就遇到这么好的男人呢,我怎么就遇不到呢,他俩开车都拉着手啊,爱得多危险呀,含在嘴里怕化了,我那时就想他是不是有病啊。这结果还真有病……太恐怖了。婚姻太恐怖了。"

"不能想。再说你想这些做什么。他们都没往深里想。"

但 Jo 显然不是没有想过。这几日人生的事横陈在面前,真容不得人搪塞。人情凉薄,即便不管她和 Lisa 的事,也让人颇为失意。从恋爱到结婚,Jo 和 Lisa 始终都陪在慧柔身边,一惊一乍、撺边起哄,简直是与她同悲欣共命运。慧柔在半年内搞定买房、结婚的大事,匆匆一年不到,就将死生之事都办立体了,如今看来简直闹剧一场,大家都有点责任,又像都没有责任。那个混蛋最后一通微信,还是叫慧柔晚上去母亲家吃饭。饭都热好了,人却不在了。谁能想得通呢。不过看到道士没有掷出结果时那个焦虑的样子,想来他的案子也多,乱世里谁的心都是海底针,然而无常生意最好做。

阿勇到底是个什么样的人呢。慧柔不在的时候,Jo 和 Lisa 越来越密集的聊起他来,似乎从未对他如此关切。觉得无论结果如何,印象里他都和善、深情、稳重……找不出什么像样的缺点,殊不知还不如渣男一目了然令人安心。

没想到他心里有那么多沟壑啊,可人生在世,谁心里没有一点曲折。你自个儿沟壑去呀,干嘛去害活着的人呀,多自私呀。但 Jo 和 Lisa 都没有把这些话说出口,活生生给吞了回去,在奶茶里添上平日不添的奶精,在咖啡里加糖,以为就能蒙混过关,草草掩盖起真相的骇人。

"你知道吗,我大学的时候,有一次上《雷雨》,挺老的本子,没想到导师突然发作,说'你们这些小姑娘找老男人都是被骗的,除非那老男人是智障!'醍醐灌顶。我当时没懂,不知道六十岁的导师为什么那么生气,后来才知道他妈妈比他爸爸小 12 岁,跟了他爸,一生倒霉。导师说,周朴园娶蘩漪前,已经死了两个老婆了,内心伤痕累累。蘩漪 18 岁,想要走进他的心,简直像卡夫卡的城堡一样,看看就在那里,怎么走也走不到的。"Jo 说。

"哎……都是命。"Lisa 说,"命里一劫吧。他没有跟慧柔同归于尽,慧柔的命就算捡来的。"

"你说慧柔以后怎么办呢?"Jo 问。

Lisa 摇摇头,说:"还是先想想头七怎么办吧,啊怎么会选在母亲节走,怎么想的呀,实在够狠的。"

3

丧礼那日,阿勇的父亲是带着他的孩子来的,真是提油救火,好在这事看起来越来越不是火,而是一块坚冰,冷得充满杀气。Jo 和 Lisa 若不是怜恤慧柔,眼下简直可算是一场好戏。上了电视都不怕没有收视率。

但一开始,其实谁都没有认出阿勇父亲来,除了那位沉静的妇人,突然向远方投掷出愤怒而有力的眼神。他仿佛是不祥之兆,然而对于这个家族来说,还能怎样更不祥呢?

那个孩子,眼见不到十岁,长得和阿勇一点不像,也许像他母亲,谁知道呢。他到底还年幼,这样的场面对他来说无疑是心灵的恐怖。

阿勇的父亲见此,突然说:"阿勇活着的时候没让他们兄弟见上一面,这次就算被打也要来。"

"你们结婚也没有通知我。"他看到慧柔,也流利地呢喃了一句。他仿佛是做好了充分的准备，前来数落所有的人，表达他的疑惑，就好像全世界只有他还知道去疑惑，只有他一个人蒙在鼓里。

妇人冷冷地看着他们，没有要打。在场显然并没有人会打他们，即使也没有欢迎。妇人不是这样的女人，Jo 和 Lisa 在派出所就看出来，妇人的病远比阿勇要重得多。然而白发人送黑发人，本来是最酸楚的，却因这离奇的冷峻尴尬，甚至显得有些滑稽。

譬如亲友礼还要不要送他呢，Lisa 和 Jo 就吃不太准。那一块作为丧家回礼的肥皂毛巾还要不要给他？他理应是至亲，却是不请自来的宾客，还来的那样激动，要不要给他擦擦汗呢？

慧柔在婚礼上都没有见到过的阿勇父亲，却很快在葬礼上初初相遇，人生何处不相逢。然而，那时的丈夫已是亡夫，父亲还算不算父亲，多少要照顾到母亲的情绪。百口莫辩，有缘无分，是她从没想好就已经选完终身大事的代价。

慧柔记得，阿勇在世时极少提到父亲，他就像从来就只有母亲一个亲人，即使已经35岁了，也从未好好面对过这乱麻一般的生活。慧柔也没有被邀请去面对。如今她一个人，就跟古书里那些哀凉的女子般，当丈夫已战死在远方沙场。唯一的区别是，那是阿勇一个人的沙场，他的英勇成就了他的失败。但他到底为什么会执意牺牲，牺牲前又为什么要结婚，居然是一个谜。

Jo 于是想，那个小男孩，就是真应该捧着阿勇牌位的人吧。然而他根本不认识阿勇。Jo 和 Lisa 呢，虽然认识阿勇，但她们既不是亲人，又不是朋友。她们只是一群外人，充满惊恐，强迫世故，力不从心。

此时阿勇的脸被修复得好像一尊整形过的蜡像。想来科技再往后发展一下，未来人的大体一定都能绽放出模式化的灿烂微笑。有好几个瞬间，Lisa 感觉慧柔都想要去撞上那具插着电的水晶棺材。她只好用力扶住慧柔，工作人员也同样喝止她："小姑娘你跌跌撞撞要干什么，不要破坏公物！"慧柔被吓到，于是又委屈地退下。整个丧礼冷冷清清，只听得到慧柔一个人在哭。她读了悼词，于是，Jo 和 Lisa 也简约地听过阿勇的一生，原来那么短暂，小学、中学、大学、工作而已，就突然说完了。

那位妇人，没有如任何悲痛的母亲般抱着棺材不让儿子火化。她十分遵守规定，就眼睁睁，看着世界上最懂她的人被推入火焰，灰飞烟灭。

"你这个冷酷鬼！毒妇！我早就看出来你神经病！你害死我不够还要害死孩子！儿子上礼拜还发短信给我，我回了，他就没有回！他一定有什么事，他从来不找我……"现场果然爆发出离奇的喧哗。但没有人应和，只是那个小男孩突然哭了起来，不知是不是为了他深情的哥哥，然而他很快就被架走了。

"没联系。"妇人答，"我恨他。"

Jo 记得那日在派出所时听到过这句话。

"我恨他。"慧柔肿得像金鱼一样的眼睛突然停滞了喷泉，吓到了身边的两个密友。因她似乎是想起来了什么，一些制式化的誓言，短暂的日常。

他的确答应过她不离不弃,那结婚以来的三个月里他从没离开她一步。就连吃水果都奉上汤匙,临走前还帮她打死了阳台的蟑螂,清晨起床时他亲吻她的额头,问她晚上想吃什么,她说她买了莫桑比克彩虹虾,可以带去婆家。阿勇说:"好幸福的名字。"慧柔于是甜美地笑笑。他真真一点不像35岁的人,至今还穿着白色无牌内裤,刚开始隆起一点小腹,但他坚称不是胖是胃凸。他会煮很好喝的汤,会在三明治里精巧地铺上山药泥。他睡觉打呼,但为了让她先睡,宁愿睁眼拍着她的腰。整整三个月,慧柔像透支了一生的幸福额度,如今眼前横陈的只有光秃秃的路。

慧柔没有告诉任何人,她那日掷筊时对着离魂历劫的丈夫说:"你这个骗子。你这个骗子。你这个骗子。你明明一点都不幸福。你看到我那么幸福才知道什么叫真的不幸福,你怕了是不是?"两阳面是笑杯,他始终不回答,那就是神明听过你的话,他"笑了"。

而后慧柔终于说:"你走吧,我恨你。"杯允得见,阴阳成谶。

"善恶到此难瞒不必阶前多叩首;瑕瑜从来了彻岂容台下细摇唇。"然而人间就是能瞒、就是可容,青山多障碍、水中多变幻,怎样……

樱桃青衣

1

寒潮来临之前,锐奇特地跑来我家。那时我的室友们已经陆续放假回家。家中寥落得毫无人烟感。房东从一开始就明令禁止我们开伙,像是为了安全起见,美其名曰能为我们省下瓦斯费。然而我也是到了那时才知道,一个家若没有厨房,总是会少些烟火气。我的室友偶尔会用大同电锅偷偷煮面,而后因为赶不上垃圾车的时间而将厨余放置很久。可就连这种食物腐败的臭味,在我看来仿佛都带着人间标识,是有生命感的。她们走了以后,家里就像拔了插头的电器一样,死寂得很。没有气味,直至低温不期而至，才带来了那么些与众不同。

锐奇来时总是一样的面貌和气宇。他会先脱鞋，甚至把袜子也脱去。而后巡着我的小房间走一圈，看看东看看西，主要是看看有什么变化，再把他要给我的东西归类放好。我知道他这种武断和强势的作为，就类似动物界宣誓地盘的雄性气息，是在昭示我，或者我家其他冥冥中的存在，如地震前慌乱逃窜的蚂蚁、蚜虫，其他昆虫，壁虎或以上之类惊慌逃窜的种种生灵，还有那些看不见的神明，他来过。虽然这在我看来毫无意义，我已无甚秘密。但我的从容背后自然有着纵容的弹性空间，尤其是这段日子，我已无力去和日常生活较劲。何况他的强势裹挟体贴，就连不讲道理也显出良善的初心。我知道他是出于好意。他给我带来了两打暖暖包，一个取暖器（虽然我有，但他假装不知道这件事），一床薄被（很眼熟的一条），以及两个橘子。

他给我贴完春联，就席地而坐，自说自话便打开电视，印象里他是很不爱看电视的。他看了会儿风声鹤唳的天气预报，超商蔬菜的抢购，果农的损失……那位女气象专家，昨天晚上刚在新闻台拿了一个新闻奖，画面中她哽咽着说，别人都说气象主播不是主播，但我做到了之类云云。这几日，遇上全台湾五十年以来最强寒流，她自然越发热爱自己的工作，认认真真地提醒民众外出一定要注意人身安全。因为在低至四度的寒天中，已经有五十几位台湾老人因不敌低温而往生。新闻台连番滚动联播着台湾各个山上下雪的画面，并不壮丽。那只是雪，或者冰霰。只见一位喉咙嘶哑的外景女主播从阶梯上一路滑下，大声说着"大家看，真的超冷的"。而后摄影大哥把镜头扫过地上积雪，短短一程。银幕画面上打上了几个大字，"××台新闻魂"。锐奇见状喃喃自语道："十年前冬天我在小兴安岭天寒地冻，冷得我耳朵都掉了……所有的衣服都是问人借的，还有帽子和手套，里里外外穿了七八件衣服。那才叫冷好吗。有没有搞错。"

"今天北部高丽菜已经卖到一百五十块一棵了啦。大湖草莓更是要两百多块。"我补充道，"有没有搞错。"

我知道锐奇在小兴安岭认识过一个女孩子，就是他借衣服的那家人。那个女孩后来过得很不好，有时半夜会给他打电话，问他借钱。他总可以说很久"嗯嗯啊啊"。然后在某天开车途中，他会突然有一搭没一搭跟我说起："我认识她时她还是个小姑娘，扎两个辫子，特别大陆人。后来也不知道她做什么行业，听说去了四川又去了广东。"也许我曾经为此不爽过，但我从来没有在这件事上接过他的话。因为从某种程度上来说我也"特别大陆人"。在此地，这不知道算是一种什么类型的长相，但我显然已经对这样的评价孕育了娴熟的恼火，还有诸如"你真不像大陆人"的评价，从不以为是真心夸我。但锐奇猛然这样一说，我以为只是说漏了嘴，他并不特别为了什么缘故，他只是想跟我聊聊天。因为这距离我能和他更自由自在地攀谈或不攀谈这些杂事，居然也过了很多年。那个女孩如今更大了吧。如果那些人会喜欢一种接近于《边城》里"翠翠"一样小动物般的大陆少女形象，那一旦这些小动物长大成人，便立即褪去了蒙昧甚至因蒙昧而性感的气息，变得像"大陆冷气团"一样,是一种进攻性、破坏性都很强的外来力量。

也许我曾经就是这种外来力量。新鲜,蒙昧,又很快会变质的外来力量。

许多年前,当我刚认识锐奇时,我还不知道这些事。锐奇介绍我去一间电视制作公司挂职,告诉我那里可以看到很多本地的明星和著名节目团队,我就很高兴。说是挂职,其实就是为了在他可控范围之内杀掉我的时间。我没拿过一分钱,也开不出任何正经的工作履历,锐奇甚至嗔怪我不能帮他节税。我当时的年纪尚不足以懂得这些门道,也听不懂这些成人的抱怨和暗示。我记得我到电视台第一天,我的老板就直接让我参与了一个脚本讨论,还让我修改两岸合作专题片的语句,希望能让片子更加"接地气",不要让大陆人看不懂。我后来听说,他在业界很有名,虽然他没自己这么跟我说。我只记得他告诉我,人要站对取景框。三十年前他在电视台做节目,有一次请来林青霞,电视台的女明星都很聪颖识趣,从来不和她站在一起,以免不慎被拍到同框。就独有一个傻大姐女明星,很认真地和她打招呼，最后被记者拍到，出刊后立竿见影，画面里一个小姐一个丫鬟。

不被拍到，那大家都有可能当小姐。我觉得他说的挺对的。后来我努力在人生中寻找没有"林青霞"的那一框。

锐奇的手机很自然连上我家的网络，但自动连上的时间点总是突兀。一瞬间会突然爆发出密集的"叮咚"声，好几回都是如此。他仔细查看讯息片刻，抬头问我："你刚打给我喔？"我说："哦方才我以为楼下着火了，烟雾很大，气味很重。后来我打给你（想叫你不要来了，但我最终没这么说），想叫你晚点来，结果电话没通。"

"哪儿着火？"他站起身，又认真在我房间巡了一圈。

"二楼在阳台上烧金纸，所以我这儿味道最大。我从这里往下看不见，阳台封死了。所以我就找了房东，房东叫我直接报警。消防员来了以后，开门见山就说我楼下在烧金纸，而后就走了。"锐奇去阳台看了一会儿，大声说："大下雨天的，不是初一不是十五，烧什么金纸。要烧拿出去烧啊，这么冷的天，神经病。"

他是基督徒，虽然有时看起来并不太像。

2

连离我最近的那座山都下起了雪。那不是皑皑的、沧桑的面貌，或者确切说是玲珑的、写意的初老。看得不禁令人想到自己、想起往事，即使没有一丝一毫后悔的心，也有容颜暗里回的莫名欢喜。

翌日清晨，从我的窗外能清楚地看到青山白头，缆车在此际缓缓攀越，如常一样，不知是否有梅花开放。整座城市恐怕都未曾遭遇这样清冷的劫数，那一夜里不知又走了多少人，毁了多少蔬果，收了多少生灵。我的脚边开着锐奇送我的暖气，送来的热风像是他的眼睛，无时无刻不在盯着我，温存的、即时的，看得我心慌。若不是能刹时推窗看到这样少年白头般的冬日新景，眼下的生活真会令我窒息。飘雪在大陆北方实在是不稀奇，可这里是亚热带。我既难如台湾人一样雀跃，却也不会像真正北方人一般漠然。总之这场雪令台北像个孩子一夜长大,怎么哄都不再甜腻,料想他一定碰上许多难解的人事。也像一种异象,昭示着不称头、不妥帖,与静谧的格格不入。

我还记得一九九三年的上海冬天,窗外雪花飞舞,那是我有生以来体会过的最冷一日。我在家门口小花园里养殖的小草,已经被冻霜包裹成玻璃渣。有天早晨,我听说父亲要去广州公干,他临走还往我手里塞了一个小小的汤婆子,刮了一下我的鼻子。父亲对我说"囡囡拜拜"。我也说"拜拜"。那是我最后一次见到他,三十五岁的他,很年轻的呢。因下雪路滑,他翻车走得很突然。这场车祸太过平常,即使是上海交通电台的新闻也没有播报。于是在我的记忆中,父亲就这样永远都没有老过,永远是一个年轻的大人。如果不是父亲,那他应该是介于哥哥到叔叔之间的一种称谓。那时的他,爱打手掌机,爱养小黄蛉,给它们吃南瓜苹果,还用一滴我喝的牛奶浸一浸它们吃的饭粒子。然而这些记忆如今都模糊了,父亲在我的生命中就是不远处南岛山头的积雪,若隐若现,仿佛不可能再出现,却也曾确切地出现过。

更令我觉得突兀的是,我母亲听闻父亲的死讯后并没有我以为的那么难过。她只是知道了,并且告诉年幼的我:"宝贝你爸爸死了,你以后再也没有爸爸了,现在我们要为他做点事。送一送他。"而后,她十分平静地打扮自己,或者说,也不是打扮,只是一种准备,丧礼的准备,新生活的准备,没有一丁点的失态。九三年那年过年,家里来的客人很多,我拿了不少的压岁钱,我开始懂得了一种也不是高兴也不是不高兴的人生滋味。大家都说我可怜的时候,我觉得还好。直到大家都觉得我还好的时候,我倒常常觉得自己可怜。

二〇〇〇年,上海再度迎来过一个挺冷的冬天。千禧的恐惧尚且弥漫在中学校园中,我有了第一个喜欢的男同学。但他不太理我。当冰霰漫过我们小小的操场,漫过枝头,漫过花园里先开的黄色腊梅,零下五度里,我看到他一点一点走出校门,放学回家,就像看到八年前的父亲,他小小的、不算巍峨的背影,裹挟着晶莹的雪霰走入凛冬里，心里的雪也不禁飘了起来。当我不期然想起父亲的时候，母亲也再婚了。她嫁去台湾不短的日子之后，我也来了这个小小的、木瓜形状的南方岛屿。这里溽热、潮湿，几乎没有冬天，虫子都不必去养，它们仿佛随时随地都会出现在手边、桌边。我用牛奶浸一浸饭粒子，吸引它们来吃一吃，但它们没有。他们只是慌乱地逡巡。我与它们难以交心。

去年夏天，我去基隆一间道堂批流年，道长看了我的八字说："你是一直没结成婚吧，有人从中作梗齁。你父缘薄，依靠还是随着母亲。你的大运呢，要后年才会来。之前的桃花虽然很多但都不是正道。你知道的齁。"我一直点头，其实我也不是很明白。我问道长什么叫做都不是"正道"，什么叫做"作梗"，他又说，"就是眼下无论发生什么都没用，两年后你会遇到一个全新的人。所以眼前的那些是是非非都不重要。知道了齁？"我又点点头，脑海中瞬息跑过许多事。即使我依然不尽明白他说的话，也不知道他是不是随便说说。我的男朋友们都不喜欢我沉迷在这些怪力乱神之中。但他们有时难以分辨我是真的相信神异还是有如女孩子对星座的头头是道、随波逐流地随便信信。他们是科学主义者或者基督徒。总之他们不以为我这样莫名其妙的不安是出于智力超群，我也不以为，当然他们因此而觉得自己智力超群时，我也不那么以为。

随母亲来台北这样久的日子，难免会遇上变迁。像我认识过的那些人，即便是不认真的观看之下，竟也渐有了岁月的印痕。如今这座城市里的一切都是式微的、低眉的，像我。我来时它仿佛也曾生机勃勃过，像我举步走过的曾经。如今却不知为何，充满了末世的颓唐，颓唐里又有温存，像我随时都可能熄去的未来。

年前，聘我当助理的主持人结婚，在报章占据了小小一则广告。没有人知道，在这则广告背后，我为她的颠三倒四付出的大量时间和精力。因为一项播出的小小事故，她借机把我打发了。近来打发大陆人不需要什么正经理由，仿佛是人人都可以理解的变故。这些年来，台湾景气很差，广电都是如此。因为制作费紧张，眼见谈话性节目一台一台收,仅存的那一些,为节约成本甚至不惜邀请江湖术士和购物台主持人聊婚姻。有一位女主播我曾经见过,我还买过她推荐的通下水道的粉末。她在那儿滔滔不绝自己和丈夫的鹣鲽情深,我却总以为她要在有限的时间里把自己的丈夫卖掉。日常里的她更是如此,令人感觉她想卖掉她身上的一切。还有一位方才走过婚变、热爱政治生活的新闻人,哀哀叹息"有一些白头到老不过是同归于尽"。我觉得她说得挺对的,她的尖刻正映照着日常生活里难以克服的难。因为她曾经对着镜头大喊"你们来看看我过的是什么生活",导致后来无论她怎么胡说八道我都锁定她的节目,是她的粉丝。

上个月锐奇来找我吃饭时,新闻还曾声称这又是一个暖冬。他总时不时会来找我吃午饭,而不是晚饭。因为这样显得客套、尊重,符合我们的处境,不会显得过于热忱,或者尴尬。但在吃饭之前,他忽然说要去办点事,我努力不去问他是什么事,即使他载着我一点一点回到了他的住家附近。后来他忍不住对我说,"我去把第四台停了"。我是电视宝宝，很爱看电视。他的意思或许是说，他其实从来不看的。留着这个台全是为了我。然后过了很久，有些太久了，他最近决定去把那个台停了。

我告诉他，我又失业了。他说："是喔，我们今年也没发年终"。

3

小年夜那日，我回新店陪母亲一家吃饭。继父一贯主张要出去吃，我每周都能在脸书上看到他的打卡。我母亲，和他的两个儿子大约吃遍了台北能说得上号的所有饭店。放在上海，他们应该就是一家兢兢业业随着大众点评罗列的店名决定晚餐的人。夏天里新北市乌来被台风带来的洪水冲垮，继父还贴了不少乌来餐厅的老照片，感慨那里的活鱼、土鸡、绍兴酒蛋、蜂巢酒，以及温泉是多么让人想念，说乌来是台北人的箱根。他看起来就与这个城市许多过得挺好的中年人无异，有体面的工作、勤快的大陆老婆，还有两个前妻留下的宝贝儿子，正港（注：闽南话，地道的、纯正的、正宗的意思。）台湾人。在他的带领下（其实是他的薪水下），他们一家相亲相爱、热爱美食、旅行，热爱台湾玲珑的小山小水，和龙应台口中的"小民尊严"。只是他很爱穿粉红短裤，不知我母亲是否留意到这种怪癖。我认识他那么久以来，一直想问他到底有多少条粉红短裤可以替换穿着不重样。

我也总是不知道应不应该给他的脸书文章按"赞"。他揶揄大陆人的那些文章我不去按"赞"，得不得体，礼不礼貌。

我母亲看似十分满意目前的生活。因为她的社交范围并不在脸书，而是微信朋友圈。微信涵盖了她在上海的亲朋好友，那才是她勉力要自我表现的战场。她在台湾没有什么朋友，自然也没有炫耀的意义。表面上她会哀叹小小的台北什么都比不上上海，自己在二〇〇一年就勇敢嫁去台湾其实很不划算。实际上我知道，母亲在心底没有任何真正的埋怨。她一点也不喜欢我父亲打游戏和养黄蛉。不喜欢上海局促的住房空间和拥挤的人群。更何况,她那时候已经下岗在家。经人介绍去往返新加坡的游船上当服务员,那会儿认识我继父,都算命中注定。

她喜欢在住家顶楼加盖处开起透天花园的我继父,喜欢他偷偷从单位剪下桂花枝带回家精养,她喜欢陪我继父去人流如潮的建国花市买蝴蝶兰,买孔雀毛,这样的时候她就全然罔顾岛屿鼓吹的动物保护。我问她:"这孔雀毛他们是怎么弄来的?"她说:"拔的啊。"我看了看那么粗的羽毛根部,感到一阵生疼。总之,那种根本谈不上是"中华文化"的生活惯习,都被我母亲看做是"台湾传统文化保留得好"。我若与她真心计较,倒像是我不懂道理。我当然知道她也不容易,一个人带大两个儿子,都不是亲生的。外婆过世以后,我才随她过来,她供我念完大学。这些伤心事,我从没见她掉过眼泪。这令我想到,也许她并不如我一贯以来认为的,那么不爱我的父亲。很可惜,我没见过更真的她。

年夜里母亲亲自下厨,我是很期待的。一年一度我要吃上她做的饭就要仰赖年关，平日里他们的聚会从来没有我的份，这也是人之常情。没有继父，我就没法来台湾依亲，与母亲分隔两地，毕竟也不好受。我知道此刻继父在心中又开始酝酿着各种图片、热闹的话语，一会儿要贴在网络上。他一定会强调这是"正宗的上海风味喔"，什么"出自内人的巧手"。上海男人的确不会把话说得那么好听，有口无心。但母亲家实在很冷，台湾没有安置暖气的习惯，台北大部分餐馆和食肆百货公司都没有中央供暖，这令我有些想念自己的小公寓，想念锐奇年前特地拿来的那一台。今年又格外冷。

继父正和两个儿子说起"粑粑真的从来没遇过这么冷的冬天欸"的时候，他大儿子玩着手机却突然起身说："我要出去下喔！"继父说："什么鬼？你神经病吗？这么冷的天。又是过年内，你一个人出去要干嘛？林冲夜奔吗？"我在一旁突然笑了出来。"葛葛（注：哥哥）是要去见女朋友啦。"他弟弟在一旁插嘴道。"所以你要和女朋友去堆雪人吗？"继父又问，"你脑袋是有事吗？你阿姨马上要把饭做好然后我们要围炉欸。"但我心想,我妈大约也不会真的在意这遍插茱萸少一人的画面。而后他居然真的穿上衣服就跑走了。我妈一手生粉推门进来说,"哪会按呢?"(注:怎么会这样?)我继父闷闷不说话。母亲又问我:"伊啥事体啊?"我也摇摇头。我都怀疑自己是上帝之眼,在鸟瞰这一场挺无聊的家庭风波。小弟弟则在一旁咯咯笑,他对我说:"姐姐,你觉不觉得我哥真的好蠢。嘻嘻嘻。"

"你在说什么啦?"我继父说道,又转来堆笑着看我,"拍谢(注:闽南话,对不起的意思)喔,让你见笑了。"他对我总是很生冷。我也不知道为什么。但若他突然对我热情,我想我也会害怕的。

在他们家的墙上,挂着新年采购的孔雀毛。一说凤凰不落无宝之地,又一说孔雀能喻夫妻恩爱。但孔雀毛的确没在保佑团圆不离散。我心里想,那位已经成年的,不会有事啦。

母亲亲手做了香菇蒸鸡、花生猪脚、干煎带鱼、台式卤蛋、烤乌鱼子、我喜欢的香菇冬笋山药春卷,我小弟弟爱吃的烤鲑鱼片，还有我大弟弟爱吃的鸭油炸薯条，可惜今天没市场了。我继父纵使因为大弟弟的缘故心情不好，依然以顽强的心志认认真真给菜肴拍了照，上传脸书。母亲也津津有味看着他的成果，一直在笑，又像是一直在赔着笑。

我想起她去年过年在厨房间偷偷对我说："再过两年就好了，再过两年我就有退休金了。"母亲一直没有拿台湾身份，大约就是惦记着上海那点退休工资。台湾一般民众没有退休金，但我继父的工种会有一笔不少的退休俸。这些年来，我母亲唯一的收入就是我外婆留下的老房子，每月的租金虽说微薄，却也强撑着她的小小尊严，和我的学业。转眼十余年。她一直以为我早就工作稳定，不必让她担心。她甚至在朋友圈异想天开提到我在台湾最大的电视台工作。我看着她那么高兴，实在不忍心伤害她，告诉她并不是这样的。继父问我最近工作是否顺利时，我也没有提到，我刚被一位难搞的主播开除了。她在我焦头烂额处理完她婚假时一堆烂摊子之后，不动声色地将一次播出事故责任转嫁在我头上。

我想是因为我又站错了取景框。

大弟弟在夜里十一点半时候才回来。那会儿我已经回自己家了。我在脸书上看到继父写的文章,他们的合照是我拍的,自然也没有我。他侃侃而谈大儿子夜奔的事,说自己年轻时也曾这样莽撞冲动,所以儿子风雪天跑出去见女友,他并没有反对,只是凭借慈父之心暗暗担忧,好在儿子在十二点前就回到家。他看见那青春的肩膀,眼眶湿润,感叹"爱情是少年人的纯情梦,白雪是青春的羽衣霓裳"。他矫情的文章下面还贴有一幅图片,题曰:"内人精心熬煮的鲍鱼胡萝卜粥,给风雪夜归的儿子。燕窝莲子羹,给我。新年暖心。"

我想那大概是我走了以后,我母亲才去做的。

4

隔天早晨我看到手机新闻推送,才知道南台湾强震,倒了几栋楼。台湾地震很频繁，一般没有人会当回事。但这个时间锐奇是不是已经回到了台南老家我不确定。我给他发了讯息，他也没有回。我大致了解，出事的楼宇并不是他住的地方，因为我去过。可我还是略微有些担心，烦躁不安。我这才知道，时过境迁以后，我还是会担心他的。吹着他的暖气，吃着他的橘子，我就自然会想到他在干嘛。与其说这是他的手段抖落心机，不如说睹物思人，本来也是人之常情。即使是我们完全不联系的那段日子，他还坚持给我交着手机费，提醒着我，与他的日常勾连是那么具体。因为无论我要换号，还是办理新的网络流量，还是缴费……我都得与他联系，我都得与他像夫妇一样坐在甲方乙方的位置上签署协议，或解除协议。我用这一台门号订计程车，司机叫我他的姓氏。用这一台门号网购，去便利店拿货也要说他的名字。我当然可以不去联系他，这样就只剩下每个月通讯公司会告诉我，我的费用已缴纳。像若隐若现的他在远处对我说"hi"。这够烦人，也够伤感。就像他在家看到第四台，也会觉得是我在一直跟他说"bye"。

春节里，我住家楼下所有的食肆都关闭了。想要吃东西，就只有麦当劳、星巴克，或者泰国菜。台北新年里总是这样萧条，远远不比上海。我是极讨厌过年的，因为生活不便。垃圾车也不再来收垃圾，并且无可抱怨，因为所有人都会告诉你，他们很辛苦、他们也要休假。没有垃圾车高唱《致爱丽丝》的乐曲满台北城跑来跑去，我家屋外就一点声音都没有了。我有时睡得恍惚，一晃就下午，有时连绵苦雨，外观根本不知道是白天黑夜，今夕何夕。

而我心中的旧年幻景，始终摇晃于一九九三年以前，像一个褪色的梦境。上海的外婆家里有老人、有父母、有很小的我，开门见喜，有川流不息的人客，拜年发红包，灶头间里炊烟袅袅，一切都像是可口可乐广告里的春节一样温暖动人。一九九三年以后，年节里我都随外婆吃素。外婆走后，我就自己煮面，或依靠零食打发一日是一日。刚巧在新闻里，我看到地震罹难的一家人。父亲54岁，母亲40岁，大女儿23岁，小女儿18岁，算算就知离散是常情，即使自家的经总是最难念。

继父一家小年夜隔日就去了美国。前夜临走时母亲当着继父的面,塞给我两盒喜饼,据说是他们的朋友新婚特地送来的。我看了下赏味期,他们的确用不到。又给了我两张电影票,也是继父买书时赠送的,日期卡在他们出国那段日子。于是我对继父说了一声"谢谢,新年快乐"。他也说"新年快乐"。还送了一幅他自己写的春联给我,让我贴在家里。我自然是不会贴的。我家的那一些,锐奇巡走期间都替我贴好了。上面写了什么字,我也故意不去看,不想看,掩耳盗铃。就好像这个世界上从没有祝福这种东西,没有年节,没有继父,没有前男友这些令人为难的人设。

"还是美国的空气好。"

下午我看到母亲发的朋友圈,就知道她已平安落地。她能在台湾数十年如一日把自己生活成上海模式,只跟上海人较劲,一直是我敬佩之处。因为大部分时候,我会有些迷惘自己到底属于哪里,她比我呆的时间更久,却从没有这种焦虑。母亲这样的人,是不会从心底里关心南部地震的新闻的。我却真心实意打了好几个电话给锐奇。他没有接,这令我害怕。

新闻台全然不计新闻伦理耸人听闻地播送着受灾现场画面,与台湾人深以为荣的种种美好人情。整个下午我都在给认识的台南人写信(其实总共不过六封)。陆陆续续收到平安的回复。锐奇直到傍晚才语音我,高铁到台中就停驶了。他在新乌日站想搭台铁到台南,发现人实在太多,再搭客运下去。好在南部家中除了电器小创,一切平安。我悬着的心轻轻地落下了,像雪一样悄无声息。

这样的感觉,仿佛在二〇一〇年上海胶州路大火后我就再没有感受过。那时我来台北不过两年,想回家也没有正经的旅费,是一个狼狈的新住民。一晃居然已经六年整,时光如梭。记忆中的那条马路,中学时每天放学我都会经过,那时即使有很多不开心的事,放学总是惬意。吃一点油墩子或者里脊肉,就能扫尽全部的焦虑,不需要爸爸,也不需要妈妈。就在那栋我曾经过无数次的楼里,仿佛住了很多我认识的人,确切想又似乎并没有。那一年,我在台北看着新闻里的眼泪与鲜花，哭了很长一会儿。我也不知道自己在难过些什么，我只是有点想家。家好像已经没有了，这样的事又该和谁细讲。但凡过热的新闻之后必有丑闻相随，事后有受灾户说自己家里有唐伯虎的画，有猴年整版邮票被烧毁，故而赔偿谈不拢，我也跟着心有戚戚焉。只是，那栋楼就在那里，黑漆漆的不生不灭。像一个巨大的谜语，向在地人昭示着冥界的威胁，每个人都有大限，它有时突如其来，有时等等却总不来。台南维冠大楼倒塌时，刚巧压垮了对面的中古车行，老板对着镜头委屈地哭泣，说这一辈子的心血，谁要来赔。理性的议员当然跳出来说，谁让你自己不买保险，人要有风险意识。说得好像没错。人要有风险意识，只有自己为自己买单，自己为自己殉葬。

和锐奇在一起的三年里，我又怎么会知道他尚有一位弥留插管的太太，她坚忍地在人间苦撑着生命之旅，令人钦佩得很。像她这样的病患，蜗牛般蹒跚过生命最后一里路，不言不语，不生不灭，在台湾居然至少有三千人是这么生存。她因锐奇而濒死，他却没有要为她而活的意思。时间久了，不仅是锐奇的亲朋好友，就连我，都隐隐觉得在种种难以原谅的细节背后，我其实也在慢慢地体谅他。他还那么年轻，刚刚到达父亲离开我时的年纪，那是一个足以让小朋友搞混该叫哥哥还是叔叔的岁月区间。可这样的联想居然令我难以原谅自己。我的道德不允许我这么做。

"有人从中作梗。"夏天里那位道士这样说道。我想起那天基隆正下着大雨。窗外雨点啪啪啪敲击着雨篷。基隆一年两百多天都在下雨，却还不是全台湾最会下雨的地方，它的自杀率却是全台最高，县府曾印发三万张防跳楼贴纸，却依然没法阻挡在地人厌世阴郁的魔力。

记得有次电视新闻里播送基隆雨，标题是"雨有错，但不能都怪雨"。可真像他。

5

台北市府在新年里拆除了横跨淡水河的忠孝桥。我这样的半路市民本来不该对它有什么值得珍藏的记忆。但有段日子,我常往返于三重与万华之间,往返于锐奇家与台北城之间。二〇一〇年,台北县升级为新北市,我们住家的地址也随即更换了,我还有点不习惯,历历在目。像来年,听说上海卢湾区划入黄浦,五年后闸北进入静安,我都不算亲历,只是听说。家乡路牌号换了没有,区政府总要更换语词,我也没有亲眼看见。但台北县成为新北市,我却真的在那里。即使是作为一个外人,都能不经意体会到自己或许见证了些什么。我的台湾朋友默默思念着这座桥梁,他们的寥寥数语被淹没在政治新闻以及灾难新闻之后,像一宗浅浅的呢喃。每当大历史铺天盖地袭来时,私人情怀是孱弱的、被碾压的。

我只记得有段日子,锐奇为了载我去学校之后再去上班,我们总是得早起。清晨有时有雾,河滨公园若隐若现,隔壁有中兴桥、远远还有台北桥,都是雾中风景。台北盆地的远山淡影,只在晨间最为迷人心魄。那是饥肠辘辘中,由远眺自带的生命气息,也是我睡眼惺忪时对岛屿日常曾有过的留恋与憧憬。

  与锐奇分手后,我就再没有吃过桥下的早餐。那是味觉的永诀,毕竟我不会独自去那里,那里也不再有记忆的引道。我的大学很快就念完了,我和锐奇的牵扯似乎也从朋友到情人又最终做回朋友。几个可怕的夜晚过后,我慢慢接受了我们三个人的局面。我曾找来第四个人以期得到解脱,但我的新男友怎么也接受不了我曾亲历这段复杂的往事,还一只脚踩在其中不愿自拔。我开始慢慢知道锐奇的破坏力,他要比我更迫切向我的生活昭示他曾来过。即使是在我家席地而坐、开启电视开关,他都挺直腰杆。仿佛自己从来没有任何过失、任何武断。仿佛对我的人生从未有过侵犯。我很讨厌他自负的样子,但就连这种讨厌,我居然都有点习惯了。

  我没有办法忘记,有一年过年母亲和继父一家去了北海道,我心情显然不好,于是锐奇带我回南部老家。开年第一天,我们就从台南出发顺道游玩,去了高雄美浓,去了旗山。那是我最开心的一个年节,是有别于一九九三年以前的上海，也有别于二〇〇七年以后的台北。温暖、明亮，充满自由，也充满欢愉。我们租了自行车，行游穿越农家，也徒步穿越山林，起床就听得见鸟叫，傍晚能看海边落日。但我不知道的是，原来这场小旅行并不是什么"顺道"之旅。我们回他老家那日已经很晚，隔天一早就出了门。锐奇明显是害怕我在家住会被亲友们问起，怕我知道真相以及太多细节，才急忙带我出门。

人被蒙在鼓里时，总是最享乐天真，那段日子我拍了好多照片，后来却连那个相机都不愿意打开。我后来才懂得，他姐姐为什么隔天一大早包给我那么大一个红包后转身就开车走了。也懂得了他父母为什么大早晨坐在躺椅上眯眼睡觉，仿佛看到我又仿佛没有。我只在他家睡了一晚，他母亲给我准备了空房间。问了我几岁，是哪里人，父母还在不在。"大陆来的啊。夭寿喔。"她说完摇摇头走进黑夜里，背影像一个恐怖的谶语。

几个可怕的夜晚过后，我们都哭得双眼红肿。锐奇甚至开车载着我，去了墓园。他逼着我去看，就连给太太的墓地他都已经准备好了。那是个单墓，留着照片的位置，我第一次看到他太太的名字。他是要力证自己不是劈腿，他是爱我的。他也不知道该怎么办，不知道人生为什么这么难。那段回程路，我看着失态的锐奇颤抖地把着方向盘，甚至担心过他会把我丢进淡水河里。就像那年开年，谢依涵的八里双尸命案一般。潮水般掩盖，又潮水般彰明。

我非常失望，狠心搬出了锐奇的公寓，去向母亲借了一笔钱。母亲脸色很难看，一直对我说："姆妈也很难的。"我对母亲说："我会还你的。"她就哭了。我不知道她在哭什么，我说："我真的会还你的。"母亲抱了抱我，说："侬不要怪姆妈好吗？"说得我都有点难过了，但我答应了她。我鼓起勇气去和制作人说，我需要一份正式的工作。制作人于是介绍我去电台，一样是从助理做起，薪水很低，我的房租就能吃掉大半。但我没想到主播是他情人，怪不得她一开始看我的眼神就怪怪的，问我为什么要来台湾，问我什么时候走。所以我的失业恐怕是早晚的事。因为报上登的她的丈夫，显然不是我的旧上司。

开始时，锐奇常打电话给我，我不太接，我有了另一台手机，但这一台始终开着机，我给它充电，像一种豢养。它提醒着我，要有风险意识，要找到属于自己的取景框。再后来，一点一点，我只收得到锐奇按时缴费的讯息了。我谈了一些短暂的恋爱，但始终难以习惯台湾人的思维方式。他们内心强烈的戒备与不安全感，甚至远远超越我这样一个在异乡生活的、没有父亲的人。

去年夏天，台北迎来了数十年难遇的强台风，新闻说，台风圈面积辽阔得大约有四点六个墨西哥那么大。上海也有台风，一夜过后，会倒一些树。我总是开着电视，然后与它对话，它说说最近发生的事，我说说我心里知道的事。

锐奇突然打给我问我是不是停水，我不知他如何获得我的新手机。但想来，这也并不难吧。只是我看着那一台依然维系着生命的旧门号，宛若看到他苦撑多年的妻。电话里锐奇告诉我，他太太已经往生。我说"阿弥陀佛"。他说"是啊，阿弥陀佛"。但他其实是个基督徒，虽然看上去总也不太像。

好多年前，虽然我不知道确切的日子，锐奇开车载太太去山里游玩，被突落的山石压到。他幸免于难。用我们迷信界的话讲，是太太为他挡了一灾，他理当感恩，而不应该贸然爱我，骗我相信他，他是可以跟我结婚的。他不应该伪装成单身的样子。如今甚至也不应该再找我。而我在认认真真等待那个两年后的人，那个道长告诉我的"新的人"。无论锐奇太太是否健在，他是否还在，对我而言，这都是经过，是度过，不是正道。我与锐奇之间，巧遇那么多天灾，也不过如苦匏不材于人，共济而已。我远远没有我母亲这样坚强。即使我和她一样平庸、勤快、相信幻觉。即使我和她一样并没有在此地找到一丁点的归属感，日复一日，年复一年。

在这样的时代寿终正寝是多么苦难啊，那位妇人。肾脏衰竭，就洗肾。肝脏坏了，就洗肝。不能吃，就用鼻胃管灌食或从静脉注射打营养针。不能呼吸就插管、气切，再接上呼吸器。心跳停止，还能用体外心肺循环机。六月末新北市的八仙尘爆伤亡那么重，许多全身烧伤达百分之九十的病患依靠机器苦撑,医生询问病人本人是否还想抢救,有人点头,有人摇头。一念之差,就可以人为的天人永隔。

但无论那位妇人说不说话,我们共同爱过的那个人,仿佛都不该在这样的时候独行新人生,我也不该替她原谅他。上帝也是这么想吧。

6

"要我陪你过年吗?"锐奇那天问。

"不用了吧。"我说,"她尸骨未寒。我也害怕。"仿佛又大大扫了他的兴。

"你总是怪我,好像我是不道德的人。好像只有你知道什么是道德。"他淡淡说,开着电视,果然听起来会顺耳些。

"我很害怕。"我又说。

"别怕了。"他说。而后我去了趟洗手间,听见他走了。

他还带走了我贴在床头的安宅符,贴上了他亲手写的"平安"。

我一个人悄然熬过了年夜、初一。没有生产什么垃圾,也没有真的吃什么东西。爆竹声又令我想起一九九三年,父亲不在家的第一个春节。外面的声音都听来刺耳,家里又静得怕人。媒体指责无情的人们在灾难日居然自私地开心着。殊不知自私的开心是最开心,私自的悲哀最苦。其实我早该知道,母亲是不会喜欢这种氛围的。她多么热爱华而不实的社交,热爱关注,热爱孔雀毛和燕窝羹。要胜过爱我。她只像惦记上海的退休金一样惦记我。也许她是对的,听说现在的退休金并不微薄。我对她的爱也不微薄。要与那个人在一起生活也是很难的吧,母亲似乎过得并不好,她对我能表现的关怀,也不过是一盒喜饼,两张电影票。像我能对她的关怀,不过是遥遥地,给她的九宫格朋友圈点个赞。

在锐奇给我的那一袋子食物里,有肉干、瓜子、开心果、红枣姜茶,还有两大袋我留在他家里的挂耳咖啡。我想他一定不是故意的，因为这咖啡早就过期很久。他拿来我这儿，不过是认定我不会再去了。他也不会喝，所以还给我。咖啡弥漫着一股浓重的中药味，它已经吸入了太多锐奇厨房的气味。我也无处可丢，大过年的。

我想起来我们吵架最激烈的那天晚上，他苦苦死守着一个底线，就是希望我给他点时间，他没法一下子接受我的离开，我以为这只是借口，原来这是真的。后来，从一点点给我衣物，到退订电视，到还我被子、咖啡，直至送我暖气、暖暖包。这漫长的告别穿越过他的太太离开人世，仿佛还将一直告别下去。我无法进入他的新生活了，他也开始接受新生活里没有我。这样的过程，我也难过的。毕竟，他应该是这座城市里对我最好的人了，好到像一个象征。当然这种"好"里难免夹杂着许多问题、许多干扰，严重的问题，严重的干扰。

离开他以后，我又只能从新闻里了解这片地域的日常生活了。民众抢着帮救灾消防员付便当钱，受困120小时的红贵宾犬获救时全身发抖，维冠大楼中罹难的六口人刚定了全家去泰国玩耍的机票,大年初一有个男生问女朋友要红包后来被车撞死(听上去好像没有什么逻辑)。这让我想起七月里的那场台风,也曾听闻有一对情侣闹出人命,是女生让男生去取披萨,男生取完回来要分手,女生就杀了他,然后报警,谎称男友自杀。警察怎么也没弄明白,为什么有人冒着这么大风雨取了披萨回家之后突然自杀,而后拘捕了哭哭啼啼的那位女生。真惨。我心想。事非经过不知难。

我吃了母亲给我的喜饼。但那两张电影票,我找不到人去看,就自己去了板桥。天冷得叫人心慌,那对票还一定要赠送两颗巧克力球,味同嚼蜡。我在黑漆漆的影院里看了一部还算不差的惊悚片,想起从前和锐奇看电影,他总是会睡着。我如今也时常感到晕眩,总而言之不醒。总而言之感到力有不逮。如黄粱度梦,樱桃青衣。

想起来,父亲离开人世已二十三年。寒潮再来也不过是这样一个光阴轮回。他曾去到我们那个三十平方米的小家,角角落落都留有他散落的气息,是他亲手建立的小风景。一度我还以为，只要我还留在家里，那父亲就永远会在那里。没想到他真的不在了。我必须接受这件事，如今我和母亲所在的城市，我们的手机、我们的电脑、我们的朋友圈、我们的脸书里……我们的时代，从来都没有出现过他。狠狠心我可以将他彻底忘记，不那么狠心我也真的快要不记得我们曾经在一起吃过的最后一餐饭、说过的最后一句话。如果我的身上没有流着他的骨血，我几乎要和他成为陌生人了。死别如此，生离恐怕更是轻盈。他们都是远去的人，远去的温存。偶尔来我这里逡巡，霸道却迷人。我很难阻止的。

到深夜里我的那台旧机忽然响起，我很久没用它了，也常常忘记给它续电。它突然跳出一则提醒，是我废弃已久的一个LINE账号。有人跟我说"新年快乐"。是我在念大学的时候，遇到的一位大陆交换生。她说自己正在香港玩，很冷清的一个年，突然就连上了LINE，和我说句话。

"我也很久不用了。"我说。

"你还在台北吗？"她问。

"是呀。"我说。

"永远吗?"她又问。好可怕的问题。

"不知道内。"我回答,一时语塞。

霎时间我看到有些奇怪的东西跳动,久违的朋友圈提醒。我看到锐奇一家围炉。那可真是一个熟悉的厅堂。几年前我也曾去过的。却没有吃上一餐饭,不知道那些大人谁到底是谁。锐奇的身边坐着一个年轻女孩子,眼神里有些奇怪的光芒。他扶着她的肩。我将照片放大,又放大。没有标注姓名。只看到他寥寥写了几句,新年快乐,底下有人问他什么时候结婚。他发了一个模棱两可的表情,不置可否。还有一张脸我倒是认识的。

"大陆来的啊。夭寿喔。"那张脸说完这句话后摇摇头走进黑夜里,背影像一个恐怖的谶语。

那一夜,新闻滔滔不绝在说,在台南救灾的中华搜救队决定集体撤离。"我们要被放弃了吗?"受困者家属问。

后记
我认真地想,
也认真地不去想

刚念博士那一年,我参加了系里的文学写作坊。我们的写作导师是一位作家,可以说很有魅力,耐心、慷慨、又很温情。如果我是更年轻一点的文学青年,我应该会受到他更大的影响。但那之前,我并没有听过他的名字,不知道他写过什么。后来的几年里,我和老师没有联络,反而开始读他的一些文章。

他有一篇散文,写自言自语的母亲很爱买彩票,在他假日回家时,给他喝台风笋煮的汤。散文中那位母亲自言自语的形态,实在很像树木希林演过的种种老妇人角色。她从花草植物说到楼下邻居加盖厨房占去防火巷,从她养的孔雀鱼到大卖场白萝卜三根只卖四十元,而后根据各种路上见到的、梦里感应到的神秘标识来给彩票下注……我不知道什么是"台风笋",至今也没有吃过,对我而言,这是不一样的汉语层次所展现出的文学可能性,仿佛是在另一片土壤上种植、生长出来的汉语自呈的谜语,异乡人可以尽情领略。(又如有一本书叫做《很慢的果子》,因为"很慢"在闽南语中是"现采"的读音,作者有天看到有个商贩在卖芒果,小黑板上写着"很慢的芒果",觉得十分有趣,就用来做书名。在我心里,"很慢的果子"与"台风笋"都可能是一种诗,但我知道对他们而言,只是习以为常。)

那篇散文里,他母亲的声音不疾不徐从后方传来,他半闭着眼睛休息听新闻播报停水的消息,"嘴里还留着汤的苦味",老师这么写道。台风笋与台风天,在此细密勾线,但他只写了母亲喋喋不休的背景音与新闻的停水消息,需要读者自行调度日常经验来填补心里的滋味到底是什么。风雨将至未至,平安即将被打破,即将被打破的平安里又带着苦味。当时的我还不算很懂,这种写法是一种极其友好的邀请,事关经验的邀请,与写作的发生密切相关的礼仪与契约。我只觉得他的文风平淡如水,还不知道水其实是如此要紧的。在上海长大,我对停水这样的事十分陌生。但在台北经历过几次没水的危机之后,我知道了更多与台北日常相处的经验。尤其是夏天,我的破租屋始终屯着几大桶水以防万一。那不是用来喝的,是用来应对未来生活的,是教训所孕育的从容。许多访客不知道,来我家作客直接开了盖子就喝,我就会有点心疼,说"桌上还有水啊"。我心疼的是什么呢?倒也不是水,恰恰是一些记忆中的狼狈、不安,异乡生活的孤独、无助,然后我要很快将被喝掉的水补齐。关于这些细微的事,如今实在没什么可详细解说的,懂的人自然会懂,不懂的人也不必去懂。总之对于当时的我而言,拥有囤积的纯净水就像握有明牌。那些水,我直到毕业时都没舍得喝完,郑重其事送给学妹,好像托孤。自作多情提醒她们平时不要喝,还觉得自己的做法是对的。可能因为那些水对我而言,是逝去的时间里无用而漫长的祷告,曾祷告过不能托付、也不能送走的自我。

一学期辅导作品之后,他把写作坊导师工作交给了另一位诗人,辞去杂志编辑的职务,回乡下种田和写作,这听起来真像一种抑郁症所绘制的出路,作为学生的我们后来五年再也没有见过他。临别,我们十几个学生和他一起吃饭。很多聊天细节我都不记得了,只记得有个胖胖的学弟可能喝多了,突然唱起歌来,是一首很土的民歌,连我这样的异乡人都听过,歌名叫做《爱情的骗子我问你》。后来老师也唱了起来,"讲虾米我亲像,天顶的仙女,讲虾米我亲像,古早的西施,讲虾米你爱我,千千万万年……"。老师最后说,"我很羡慕你们。你们现在看到一棵树都能讲一个故事对不对?未来你们看到再大的事,也会觉得无话可说。"我当时不相信,我觉得怎么可能。很久以后,我读到一首很喜欢的诗,写"一座桥,围绕它说话的,仅仅是黑暗",心里很难过。难过是因为,我好像有些懂了。譬如这本集子里有个小说叫做《度桥》,广东话里是"想办法"的意思,而度一座桥,围绕它说话的,也仅仅是黑暗。

三年后,我在报纸上看到那位导师写给前岳父的一篇文章，他显然经过了一次可以说出来的失败的婚姻。他在文章里写到往生的前岳父的米与不舍，他自种的米与对前岳父的认同的回避，即使死亡也不能劝解的倔强，都令我想起"台风笋"的苦味。他写道，"在我们这年代，米也渐渐不合饮食时宜，也在寻求认同。"我仿佛知道他手中递出的邀请正在越来越得不到回应。但令人欣慰的是，他的稻谷看起来产量不错。"百多个日子屈脚蹲伏，千次万次弯腰缩臂，于广袤稻田中缓缓挲草，我认真地想，也认真地不去想，米要什么认同，又要什么时宜。"这种自言自语简直似曾相识，文学里的他和文学里的他母亲，一脉相承。而在他邀请之外的我，眺望到一座几乎不会被任何人讨论到的心灵景观，与变迁，心里的滋味好像台风席卷过后，抬头看见庙宇半空悬挂的"风调雨顺"，依然是一种良好的祝福，依然可能会实现。

这些不算重要的阅读，也许错过也就错过了，停留又只是停留，却有一些朴质的打动我的力量，沉重的，关于想与不想，言说与无话可说，居然是胜过许多冠冕堂皇的教科书训导的文学启迪，令我心上总是涟漪。我知道写作的十年以来，我也在不断地发出邀请。而我越来越知道，这种邀请其实是有点尴尬的。我们这样的人，拥有拙劣的幻术，变戏法、做迷宫，为了让这种邀请看起来魔幻一些，我们的失落就能少一些。橄榄枝握在天顶的仙女、古早的西施手里，就会让寂寞显得滑稽一点，让失败的梦变得可以接受一点。写作的事，由倾诉始，但倾诉是会耗尽的。倾诉欲耗尽之后，更纯粹的创造的快乐悄然滋生，心里的时间开始说话。那是与自然时间越来越不一样的宇宙，每一段眼波的投掷都是心里的明牌若隐若现，往昔则如电光，什么都不作数，什么都珠残玉碎，又摄人心魄。

坦白说，我为什么开始写小说，我已经忘记了。为什么还在写小说，几乎也是说不清楚的。可能是源于一种"度桥"的跋涉，就算文学终止了，生活的感受还不得不继续，像海岸日以继夜伴随公路，路遇狂风骤雨时，公路会终止、会修缮、会消亡，但海岸永远是海岸，与彼岸相隔着无垠的凝望。